12個月的美好練習，
每天找到一件值得感謝的事，
讓生命更豐富。

我想說聲謝謝你

I Want to Thank You

Gina Hamadey
吉娜・哈瑪迪 著

獻給我的老公傑克、兩個孩子亨利和查理

《我想說聲謝謝你》好評如潮

「身為感恩年度挑戰計畫的粉絲，這本書讓我一翻開就深深著迷。它啟發我寫信給每一個人，同事、大學朋友……，進而幫助我面對他人的悲觀末日心態。」

——《幸福，從謝謝這一杯咖啡開始》作者A．J．**賈各布斯**

「吉娜善於與朋友和鄰居相處，並且擅長以文字來處理我們內心深處，像是忘了什麼重要事物的觸動感受。本書是這個時代的解藥，可以振奮生活，提醒你擁有讓他人感覺特別的力量——尤其是對於你所愛的人。感謝有這本美好的書。」

——紐約時報暢銷書榜《人生過渡中》及《意想不到的幸福家庭秘訣》作者**布魯斯．法勒**

「吉娜提醒我放慢腳步，重新與人建立連結，最重要的是感謝自己所擁有的生活，並且接受一切的挑戰及錯綜複雜。謝謝妳，吉娜。謝謝妳。」

——《成人在此》作者及「書乃魔法」書店店主**艾瑪．史卓柏**

「吉娜．哈瑪迪是優秀的說書人，我喜歡她提及找尋值得留意的小事，以及放下手機的方法——對我來說，這都是迫切且重要的課題。」

——《一萬四千件值得開心的事》作者**芭芭拉．安．姬芙**

目錄

BOOKS ARE MAGIC
NEED TO READ?
OPEN
EVERYDAY
Books Are Magic

thank you
Thank You
THAN YOU
THANK YOU
Thank You
thanks!
merci!
THANKS!
THANK YOU SO MUCH
THANK YOU

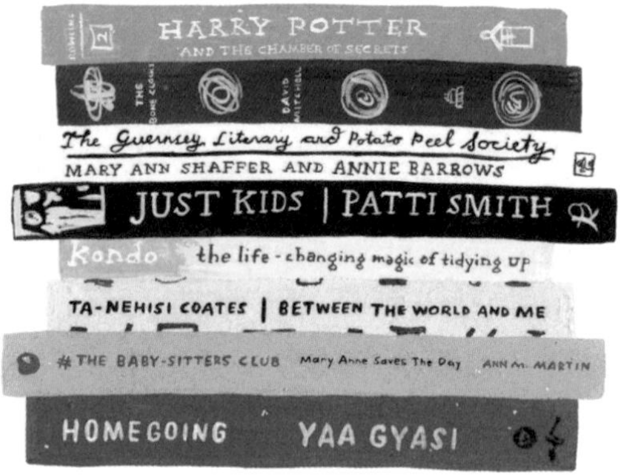
HARRY POTTER
AND THE CHAMBER OF SECRETS
The Guernsey Literary and Potato Peel Society
MARY ANN SHAFFER AND ANNIE BARROWS
JUST KIDS | PATTI SMITH
Kondo the life-changing magic of tidying up
TA-NEHISI COATES | BETWEEN THE WORLD AND ME
THE BABY-SITTERS CLUB Mary Anne Saves The Day ANN M. MARTIN
HOMEGOING YAA GYASI

引言

二〇二〇年早春，如我們所知，新冠肺炎讓生活停擺，而我也留意到另一種感染性的爆發。周遭人們面對極端的孤立，近乎幽閉恐懼症，或過度的親密無間，導致持續不斷的焦慮。疫情所造成嚴重的損害與不確定性，讓我們活在恐懼之中，擔心失去工作、家庭或摯愛——即便如此，仍有些人懷抱著滿溢的感激之情。

我有個朋友因丈夫是急診室醫師而沒能住在一起，然而，總有人「每天為我老公送來晚餐，在我們家的草坪上放置標語；或在他獨自一人時，晚上過來陪伴他」，這些人讓她充滿喜悅及感激。另一位在深受疫情衝擊的紐澤西醫院工作的大學友人，則說：「感謝所有願意留在家裡、保持社交距離、戴上口罩的人。儘管這些事讓人無聊、寂寞、挫折、難耐，甚至流汗、發癢、有點噁心，而且不方便。」

一位老師分享了她對過去生活的感激之情，她說：「未來的不確定性讓我對於過去人生中所累積的經驗和回憶，心懷感念。」

也有人感謝能夠每晚坐下來與家人共進晚餐，和朋友重拾聯繫，「放下手機，拿起羽毛球拍」，品味總是被忽略的事物。一位開始每天陪小孩散步的前同事說：「我開始追逐吸引兒子目光的東西。他今天發現了一棵很酷的樹，我明明騎著單車經過許多次，卻從未留意到它暴露在地面上的獨特樹根。」

我確實聽到許多對於大自然的感謝。像我妹妹，就對她在布魯克林公寓外頭的樹木，產生了一種親近感；一名鄰居說他開始喜愛「春天花開，鳥兒啾鳴，以及日落時刻」；有位老師甚至在看到討人厭的松鼠啃食她的蔬菜幼苗時，內心充滿歡欣。

而我的媽媽雖然隻身在庇護所，然而她說：「儘管和孩子、孫子及家人離得這麼遠，但知道你們全都安然無恙，我就覺得平靜及感恩。」

缺乏治療方法及疫苗的情況，讓我想起了在書寫三百六十五張感謝卡的那年，我所學到最寶貴的一課就是體悟到感謝是強效藥物。它讓我們看見自己擁有什麼，而不是喟嘆失去什麼；它激發我們的同理心和同情心，更是一種解毒秘方，專治自我中心的牢騷抱怨（不過，有些牢騷抱怨最好能拿著一杯梅茲卡爾酒[1]，和老朋友通電話。事實證明發牢騷有其必要且帶有療癒效果。）

在朋友和家人陸續分享他們的感激之情時，這本書正好接近完成，這也使得某些章節展現了新意義。我再也不用勸說大家在碰不到面時，保持聯繫很重要。以往視為理所當然的快樂——像是旅行、光顧餐廳、舉辦晚餐派對，都成了遙不可及的夢想。而我進行了一個月的感謝醫護工作者活動，現在則成為全民運動。

在我們布魯克林的家，晚間七點是一天當中最令人振奮的時刻。此時鄰居會從窗戶探出頭來或走到陽臺，敲打鍋碗瓢盆，鼓掌喝采，為醫護人員表達感謝。我的兩個兒子會大喊：「醫師加油！你們行的——我知道你們行的！」這提醒了我從感恩年學到的事——我們必須適時表達感激。不花一毛錢，卻很有價值。說謝謝不只能展現友好，更是不可或缺的行動。

甚至當屢見不鮮的不公不義引發激烈抗議時，這依舊必不可少。在紐約市，即使實施八點宵禁，七點的鼓掌行動仍然繼續存在。感激和怒氣並非互不相容，我們可以為社群中的勇敢人士鼓掌，也同時抗議世界的惡行。

雖然現在很難想像，但我知道我們必將再次相聚於餐廳、再次走上擁擠的街道、再次去看場百老匯表演，再次毫無遮掩的、與鄰居面對面閒話家常。或許當你讀到這裡時，我們已經辦到了。或許，部分的你會想念在黑暗時期成為唯一亮點的感激之光。

這本書提供了持續將感謝納入生活的方式。好消息是，你不需要像我一樣寫下三百六十五張感謝卡。你的感恩年要寫多少張卡片由你決定，可以是每週一張，或每月一張。也可以省下郵資，直接打電話給朋友，或寫電子郵件給你很久以前的導師。只要做到上述任何行動，你就可以感受到表達感謝的種種好處。就像對我一樣，我希望感恩這件事也能夠為你的生活帶來同樣的快樂和連結。

1 梅茲卡爾酒（Mezcal），一種龍舌蘭酒，主要產區在墨西哥南部。

第一章

寫三十一張卡片，展開感恩年

| January：慈善 |

好處：說謝謝的感覺真好！

驚喜：我居然會喜歡寫感謝卡？

寶貴一課：藉由規劃感恩年可以釐清何謂重要的事。

星期一早上，紐澤西通勤列車裡的氣氛與我剛度過的週末截然不同。人們低聲交談著，氛圍緩和而不緊繃，幸福安穩到相當適合一個人獨處。我找了個座位坐下，望著光禿禿的樹木飛快掠過窗外，然後拿出手機。

「下一站，薩米特。」列車長說。**這五十分鐘發生了什麼事？**我茫然想著，一邊收拾包包下車。走出位於市郊的紐澤西車站，前往新創家居用品店「棉鈴與枝葉」的辦公室。我最近在這裡開始了一份兼職。

寫了一整天的床單和機能型枕頭的行銷文案後，我起身準備返回布魯克林。坐上火車，再次重複飛快流逝的幸福時光。

說謝謝的感覺真好

隔天，坐進通勤列車的座位後，這次我把手機留在背包裡，拿出一疊印有綠色棕櫚樹的感謝卡。這項任務已被我拖延許久，我提筆寫下：「親愛的達特阿姨，謝謝妳對『城市豐收』活動的慷慨奉獻，慎重考慮之後，亨利決定妳的食物是……青花菜！」

當時我有個已進行四年的派對小技巧，是與我的兒子亨利一起為每個人準備適合他們的食物或飲料。我是番茄、我先生傑克是氣泡水、我們的一歲兒子查理是地瓜。我承諾會以限量版的亨利感謝卡，作為上個月（十二月）「城市豐收」贊助人的回饋，而我們最後募得的款項超過四千美元！現在，我必須將這些卡片寫完。

那天上午，我和亨利討論了第一批贊助人，亨利宣布達特阿姨是青花菜（這絕對是恭維，因為青花菜是他的最愛），其他感謝對象的食物則包括：肉丸子、香蕉皮、胡蘿蔔，以及一罐草莓。

火車抵達薩米特，我把七張寫好的卡片放回盒子，再把盒子塞進背包，往辦公室走去。這是個乾冷的下雪天，天空蔚藍，白雪紛飛。途中經過一家燈光微亮、有著不鏽鋼外觀的餐館，以及幾間零售店——舒汪寵物用品店、一家叫做「甜言蜜語」的巧克力店，以及麥酷冰淇淋店。我在舒適的黃楊木咖啡館點了一杯拿鐵，輕哼著《吉爾莫女孩[2]》的主題曲，突然意識到，**這正是**薩米特給人的感覺，這裡就像影集裡恬靜宜人的星城小鎮。我在這裡工作了兩週，直到現在才發現這件事。

隨後一週的通勤途中，我多半在書寫感謝卡和瀏覽社群媒體之間交替度過，也開始留意到一件事：在寫卡片的那幾天，我感覺時間似乎慢了下來，下車時的心情也像撥雲見日般，充

滿了希望，並且感受到當下——這樣的心情甚至可以持續一整天。而在其他忘我瀏覽社群媒體的日子裡，則會出現心神不寧、焦躁不安，近乎精疲力竭的感覺。

等等，難道我喜歡寫感謝卡嗎？

我居然會喜歡寫感謝卡？

我們都認同感謝卡是個糟糕的東西，對吧？像是一種義務或責任，它通常以3×5英吋的形式呈現，事情的發生往往是這樣的。首先，有人（可能是你媽）會不斷督促你：**快去寫感謝卡，收到一堆生日禮物，你至少要表達一點謝意**。當然，她說得沒錯，這**的確**是符合禮節且該做的事；不過，這也是個讓人感到乏味的雜務。雖然是基本的禮貌，但有時也會給人一種假正經的印象，難不成我們是腳踝交叉、坐得直挺挺的名媛佳麗嗎？

必須說，只要面前有一疊待寫的感謝卡，我就會忍不住想打哈欠，這也是為什麼我拖過了六個多月，才開始寫卡片感謝親友們慷慨致贈的結婚禮物。我應該要有一整年的時間來完成這個任務，是吧？或者，婚禮賓客有一整年的時間可以送禮物？（重申一次，遵守禮節並非我的專長。）

現在，每當我帶著小扁豆湯和可愛的嬰兒毛衣去拜訪新手父母時，都會懇求他們不必寫感謝卡，我實在不想讓他們沾染母奶的待辦清單再添上一筆。（趁機說明：儘管最近我對感謝卡的想法有了轉變，但這個方針依舊不變。）

一般的感謝卡很無聊——就只是單純的寫卡片和收卡片。通常會寫什麼呢？像是確認收到：「**我有收到你送的禮物，我真的很喜歡。**」再有誠意一點的，就是在卡片上寫下將怎麼使用這份禮物：「**我打算在去丹佛旅行時，穿上這件漂亮的海軍藍毛衣。**」

是什麼能讓我手上的這些感謝卡變得不同？

首先，這些感謝卡的收件人並沒有送我禮物，而是捐錢給「城市豐收」這個組織，它的宗旨是搶救即將被浪費的食物，並轉贈給受餓的紐約居民。而他們的慷慨舉動只因為我詢問能否助一臂之力；也有可能他們只是基於好奇，想知道亨利認為究竟哪一種食物符合他們的個性。

我掃視了長長的贊助名單，它完全展現了我生活圈的隨機抽樣：舊時的寫作指導老師、房地產經紀人、搬到倫敦的大學友人、已疏遠的朋友莎拉的前男友。每次打開線上募資網頁，我就會看到一個新名字，這讓我感到欣喜。能用筆寫下對這些慷慨人們的感謝，並再次沉浸於當時的快樂，而不是用官腔的電子郵件或訊息回應，這樣的感覺真的很棒。

此外，撇開義務和禮節不說，卡片上混合著我用印刷體和草寫體，以歪斜字跡所寫下的誠懇言詞，也讓情感更顯分量。我用雙手撫摸卡片，想像收件人也這麼做，這無疑是一種堅定可靠的觸感。我跟多數贊助者唯一的互動是社群媒體，但比起這種虛擬的聯繫，卡片感覺真實多了。

寫完最後一張卡片——給我的朋友珍妮弗，她讓亨利想起「彩虹冰淇淋」——我看著座位桌子上的數十張卡片隨著列車行進而微顫。奇怪的是，完成這項任務竟讓我感到些許落寞，我渴望領略更多書寫卡片時愉快的專注感……究竟我寫了多少張呢？瞄了一眼打勾的名單，共三十一張。

嘿！我心想，真好玩，總共寫了三十一張卡片，而今天是一月三十一日。我今年的每一天都寫了一張感謝卡。

要是就這樣繼續下去呢？

為這一年的每一天都寫一張感謝卡，聽起來很吸引人。我以前會列出詳盡的新年新希望清單（例如：學會從頭做墨西哥薄餅、找時間打電話給遠在加州的朋友），但那時的我才二十多歲，還沒有小孩，現在來到忙碌育兒的三十代，新年大多用來提醒自己務必減掉產後增加的體重。我懷念那些實際可行、而且和身材或職涯無關的目標。

但這個想法還真是規模宏大呀！同樣也有三百六十五個理由可以解釋花時間進行這項計畫有多麼不切實際，除了我忙著工作和照顧兩個幼兒，更別提還要留心婚姻生活、父母、親朋好友——而且其中的多數人我已經有好幾個月沒見到面了。但或許這個挑戰，可以幫助我們重新建立連結？

或許我可以挪出時間，只要能更常放下手機——這無疑是另一個好處。

當然，也可以單純地把寫感謝卡這件事納入我的生活之中，不用訂出需要達成的數量目標。但我知道，就算實現這個薄弱的想法，半調子的目標也沒有意義。我今年三十八歲，正處於人生的高峰期，好的點子總是閃現又消逝。如果我想要讓感謝卡成為生活的一部分，就需要具體的目標和確切的行動。

只是，我能堅守目標嗎？除了寫卡片能持續讓我感到快樂，不會一直滑手機之外，還有什麼動力呢？它是否強烈到足以讓我堅持一整年？

於是我打開我的灰色筆記本，在上面寫下：

用一年書寫三百六十五張感謝卡的理由：

- ♥ 重新找回我所想念的人生。
- ♥ 在絕望時產生正面能量。
- ♥ 重拾喜歡的事物——以紙筆書寫。

♥ 再次聯絡對我有重大意義的人們。

♥ 看看會發生什麼好事。

重新找回我所想念的人生。我一直感覺自己……不能說不快樂，畢竟這不是關於一個悲慘女人如何獲得快樂結局的救贖故事。對於人生，我已經很滿意、也感到幸運，也知道自己擁有許多值得感激的事，像是健康、家人和工作。

但是，時間彷彿在我不經意時加快了腳步，比列車窗外的紐澤西城鎮更快地呼嘯而過，我需要找到讓它慢下來的方法。時間匆匆流逝在養育家中兩個幼兒、兼職工作，以及僅留給自己的片刻之間。我經常想起好久沒說到話的朋友，或某一本打算要讀的書，但就在我想聯絡朋友或記下書名之前，這些念頭又會被其他更重要的事取代。就好像我曾經熱愛的部分人生彷彿五彩紙片般飄浮在房間，稍縱即逝，無法掌握。

而我的心思也像紙片般分散。我生活在各種待辦事項的優先順序之中，時間都用於最重要的孩子、客戶或帳單。想起幾年前，當時的我擁有較多時間在人際關係、嗜好和休閒，這能否幫助我重新連結這些事物呢？

我的朋友們似乎比我更容易適應他們的新角色，偏偏我就是感到棘手（布魯克林媽媽、食譜自由作家、內容行銷人員），也難以忘懷之前擁有過的許多身分（加州女孩、雜誌編輯、美食旅遊作家、能幹的晚宴主辦人、友誼維繫者、無法饜足的書蟲）。這些舊時的我是否仍存留於我的內心，是否還能觸及呢？

在絕望時產生正面能量。在開始紐澤西火車通勤的一個月前，我走在布魯克林街區，對展示在褐石建築[3]窗戶內、裝飾華美的聖誕樹嗤之以鼻，在我看來，它們像是偽善的詭計。我心想，**世界變得這麼可怕又令人沮喪，為什麼上面還有閃亮亮的燈？**我儼然成為史古基[4]的化身，儘管這輩子我都熱愛聖誕節，小時候還會在上床睡覺前，坐在家裡的聖誕樹下，忘情地哼唱〈平安夜〉。

我曾經是個努力不懈、積極正面的人。或許，以樂觀向上的態度面對眼前的世界，可以改變我的看法。

更別說在充斥著腐敗和貪婪現象的許多報導之中，新聞就像是預言了末日的到來。不過，如果末日**真的到來**，我會想要把剩下的時間浪費在埋首於手機，感受恐懼及孤單？還是用來建立並加強與人們的聯繫，進而對世界的許多善意表達感謝呢？

為「城市豐收」組織募款是節日的亮點，而且是我真心想做的事。與非營利組織合作，並書寫這些卡片，加上一個接一個（油門催到底！）的待辦事項，讓我忘情於自我，我想要延長這段心理假期。

重拾喜歡的事物——以紙筆書寫。我以寫作維生，多數是寫一些關於柔軟被單、加勒比海的新飯店、墨西哥辣味玉米片食譜、二十五個簡單的感恩節小技巧。而我的個人寫作——日誌、已經放棄的浪漫喜劇小說，以及只寫給我小孩看的胖胖腳趾頭及嘟嘟火車等童書——都擱置了。我希望能為自己喜歡的寫作找到創作的滿足，說不定我的字跡也會在這過程中獲得進步呢。

再次聯絡對我有重大意義的人們。當然，我不打算只為自己而寫，每一張感謝卡都應該要有一個對象——我希望能夠藉此逐一重新聯絡上過去對我來說有著重大意義的人，以及因不居住在可步行造訪的距離內而多年未見的人們。

簡而言之，我想要從覺得心煩意亂、與世界脫節及疏離的狀況，變得更加專注、投入，且有所聯繫。

藉由規劃感恩年可以釐清何謂重要的事

當我確信自己的動力強烈到足以堅持這個計畫時，我感到興奮極了。這將會是我的——請下音樂——感恩年！

選擇用「感恩」（thank you），而不用「感激」（gratitude）這個詞，只是因為它讓我聯想到過度積極的真誠，並且和「陳腔濫調」（platitude）押韻。

我翻開筆記本的新頁，開始列出下週（二月一日到七日）要感謝的對象清單。接下來要感謝誰呢？媽媽是個顯而易見的選擇，但有什麼特別的理由要感謝她呢？二月二日呢？傑克？他才剛幫忙通了浴室的馬桶，雖然肯定不會是最浪漫的謝卡，但這不是重點。

或者，換個方向，我應該感謝第一個對我展現善意的人。隔天我會去薩米特鎮，我可以感謝給我這份兼職工作的凱利。或是應該感謝為我準備午餐的人？那是要感謝受理我訂餐的收銀員，還是幫我切生菜的人呢？

我承認這種亂槍打鳥式的感謝並不管用。就像為一整年的每天寫一張感謝卡這個目標一樣，方法也必須具體明確。如果是隨意選擇收件人，我肯定一個月就會放棄了。

幸好，這個問題對我而言並不陌生。我曾在雜誌社工作多年，雜誌會提前幾個月排定編輯日程表。我想起了那段時日緊密控制著我生活的電子試算表。在《歐普拉雜誌[5]》時，每個月都會規劃一個主題，像是年齡、力量、（當然還有）感激。

在《美食與醇酒[6]》月刊，則會有幾個月著重在旅行、紅酒和最佳新星主廚。除此之外，還會加上固定專欄，像是「改變一生的書」或「三十分鐘美食」，漸漸地，不同的工作項目會陸續填滿電子試算表的每個空格。提前規劃每月的專欄和特輯，是雜誌收齊稿件的成刊方法。

我決定為這個感恩年的挑戰訂出架構，像雜誌編輯的日程表那樣先列出每月主題，再填滿表格。一月已經獻給慈善活動了，接著為二月選擇一個新主題，再為這一年的每個月訂出其他主題就行了。

我快速寫下可能的主題，哪些主題對我而言是重要的？當然是朋友和家人，還有鄰居！工作、育兒……我由衷感謝在這趟瘋狂旅程中曾對我伸出援手的每一個人。這樣就有五個主題了，加上已經完成的慈善一月，就是六個，計畫主題已達成一半！

至於政治呢？我想要感謝為我信奉的理念而奮鬥的政治家和組織人士。我可以在每天看報紙時，記下似乎還不錯的人選……。等等，暫停，這聽起來像是學校作業。

於是，我訂定了一個貫徹整年的基本原則：只要看到潛在的障礙——任何可能阻撓進展的耗時任務——就去找出解決它的方法。這已經是個規模宏大的挑戰，要完成它，就必須選擇讓我興奮的主題，而非儘管高尚卻感覺像是例行差事的題目。

那麼，**確實會讓我感到興奮的主題是什麼呢？**一個名詞躍上心頭：食物。我愉快地想著，**我一定可以找到讓食物加入感恩計畫的方式**。不過，是要寫感謝卡給真正的食物嗎？像是莫札瑞拉起司、義大利麵和冰淇淋？儘管這會是非常有趣的寫作靈感，但還是不要吧，我應該寫給應援我喜愛食物的人。接下來是旅行，我要感謝讓旅程回味無窮的人。還有書籍！我想要對寫出我最愛讀物的作者表達感謝。

說到我的摯愛傑克，當然，我可以把他歸在家人的主題，但或許他值得擁有專屬的月分？十二月他就滿四十歲了，一天一卡片可以當成他生日禮物的一部分。

這麼一來，我就只需要再想出兩個主題了，還有什麼是重要的呢？最後的想法來到我心中：家庭和健康，兩者都是我幸福快樂的根本。

全數到齊！我要寫感謝卡給朋友、家人、鄰居；我要重燃對書本、旅行和食物的熱愛；我要向家庭、健康和老公致敬；還要謝謝在育兒旅程以及職業生涯中幫助過我的人們。

審視這份主題清單，感覺像是步上正軌，為我的精神生活添加了秩序，它不僅探勘了深層潛在的自我，並且將透過計畫重新連結已經分離的部分。我正在捕捉四散的五彩紙片。

至於動機清單的最後一項——**看看會發生什麼好事**——我想知道如果開始以感激之

情面對這個世界，究竟會發生什麼。我會得到好處嗎？會遇上什麼驚喜？會有什麼寶貴收穫？書寫每一張卡片時所感受的快樂，最後能不能提升我整體的幸福感？

快要到家了，當火車駛進賓州車站，我做出決定，隔天就開始寫感謝卡給鄰居。

2 吉爾莫女孩（Gilmore Girls），二〇〇〇年播出的美國影集，描述住在星城（Stars Hollow）的吉爾莫母女生活日常。

3 褐石建築（Brownstone），以褐色石材及紅磚建造的建築，為紐約曼哈頓及布魯克林區的標誌性建築。

4 史古基（Scrooge），狄更斯作品《小氣財神》的主角，史古基唯利是圖，只喜歡賺錢，也不願意慶祝聖誕節。

5 歐普拉雜誌（O, The Oprah Magazine），由美國知名主持人歐普拉（Oprah Winfrey）創辦的女性雜誌。

6 美食與醇酒（Food & Wine），一九七八年發行的美國美食月刊，包含食譜、烹飪技巧、旅遊、餐廳評論等內容。

7 桑坦音樂劇（Sondheim musicals），史蒂芬·桑坦（Stephen Sondheim）是東尼獎終身成就獎得主，作品包括《西城故事》及《瘋狂理髮師》等音樂劇。

如何規劃一個感恩年

找出十二個主題是一種愛自己的展現：認真看待自己，思考對自己最重要的事。

1. **腦力激盪出各種主題**。你可以隨意從我列出的主題開始著手，像是朋友、家人、鄰居，或是職涯導師。不過，最重要的還是你。不妨問問自己：我愛的是什麼？哪些嗜好和習慣對我而言很重要？我想要重現哪些回憶？計時五分鐘，寫下所有浮現的想法。

2. **選出十二個主題**。在感覺最可行、並已想到潛在收件者的主題底下劃線，但如果主題聽起來像是某種義務，那就放棄它吧。

3. **改善主題**。檢視被你劃上底線的選擇，思考應該要概括一點（戲劇、音樂、旅行）、還是更明確（桑坦音樂劇[7]、爵士演奏會、義大利旅遊），或是介於兩者之間。並且思考這份逐漸成形的主題清單，是否足以描繪出你精神生活的藍圖？是否還有欠缺的部分？

4. **分配月分主題**。思考在一年當中的不同時間，你可能會想專注的事物。例如，我把夏季月分獻給美食和旅行等輕鬆主題，九月再轉為較嚴肅的任務，用來感謝職業生涯的導師。我認為十一月是對家族成員表達心意的好時機，畢竟感恩節會和許多人見面。

5. **保持彈性**。記住，這份清單只是大綱，在這一整年中，你肯定會不斷加以充實、重溫和更新。

第二章

寫感謝卡給鄰居，深耕社區

| February：鄰居 |

寶貴一課：弱連結的人際關係也能帶來重大影響。

驚喜：你的舉手之勞卻是對我的大大恩惠。

好處：適時表達感激，建立更深厚的社區連結。

二月之所以選擇從鄰居開始，是因為我認為這是最容易完成的任務，顧名思義，鄰居就住在我家附近，所以我想當月的感謝清單很快就能完成。而我也打算只在卡片寫下簡單明瞭、讓人心情愉悅的文字，然後直接遞交給對方，用不著擔心收件地址的問題，也不需購買郵票。這些感謝卡不會傳達複雜的情緒，其中也沒有失聯多時的老師或朋友需要追查。

我住在紐約市布魯克林區的卡羅爾花園，這是一個新舊交織的社區，有經營百年的義大利烘焙坊、肉舖、修鞋鋪，以及新穎的彼拉提斯教室、刺青理髮店、全國排名頂尖的雞尾酒吧。此外，我的記者友人彼德在收聽美國公共廣播電臺時得知，我們這一區擁有全美最高的生育率，走在兩旁盡是褐石建築的人行道上，看到迎面而來的嬰兒車潮，你一定也會相信的。九月時，街道會一條接著一條封閉，只為了給孩子們舉辦充氣城堡派對；十月則有大型充氣蜘蛛攀上屋頂，充滿著萬聖節氣氛。當然，我們的社區也有它惹人厭的地方，像是雜貨店內的標價總是貴得離譜；即使在冷得要命的二月週二晚上，我們喜愛的餐廳還是人聲喧嘩；在兒童遊戲場，老鼠和滅鼠藥並存，必須多加留意。即便如此，卡羅爾花園仍是我心目中瀰漫莫札瑞拉起司香味的梅伯里[8]。

二月一日這天陰雨綿綿，我走在克林頓街上，思考著有哪些鄰居可以感謝。我經過我們的舊公寓，向住在樓下的女子揮手致意；行經亨利的學校時，我猛然想起還有他班上同學的家長，便衝回家開始振筆疾書，列出長長的鄰居清單。在這一帶住了快十年，每次散步去公園的路上，至少都會遇見一個認識的人。有時我們甚至會和孩子打賭，猜猜等下出門將碰上哪個鄰居，藉此哄騙他們出門。

結果，我列出了約有四十人的名單，我心想，二月如果每天寫一張卡片的話，最多也只能有二十八位收件人。或許，我可以……刪掉最不喜歡的鄰居？還是應該反過來，先選出喜愛的鄰居？這感覺不太對，感謝活動並非人氣競賽。

我決定放棄名單的取捨，打算從樓下的鄰居開始，並想像卡片應該寫上什麼內容。謝謝妳……總在看到我們時跟我們揮手？

這讓我有些困惑，感謝的文字應該要簡潔沒錯，但也必須乘載一些意義。看來這個月並沒有我想像中那麼容易。

我回想自己擔任雜誌編輯時，為〈城市十大美食〉、〈旅行入門〉等專欄絞盡腦汁的日子。一旦開始難以下筆——找不到足以描寫十大美食的城市，或旅行訣竅用盡——我便知道該是結束專欄的時候。我需要再想出新的主題，而且為這個主題所設下的條件愈具體，內容將愈有可看性。

或許「鄰居」一詞太模糊了，就像我的感恩年需要編輯日程表一樣，對於二月，我也需要一些條件來幫助我決定要感謝哪個鄰居，以及該感謝什麼。

於是我開始思索「鄰居」這個詞，以及「睦鄰」的意思。腦中突然浮現出一個經典畫面：有人端著一盤餅乾來訪，並表示如果需要糖的話，隨時可以去按他家門鈴。

儘管現在連鎖商店及網路購物盛行，但還是有些人仍保有這樣的睦鄰本能。這讓我想到瑪西，她是布魯克林女性企業家交流團體的創辦人，曾經借我們一張摺疊桌供聖誕晚宴使用，還堅持由她送來並且帶走。我和傑克在整個聖誕假期都稱她是「拯救聖誕節的女人」。

在這個時代，我們不再需要鄰居幫忙建造穀倉，所以當有人出借援手——或是桌子——這個行為就顯得格外珍貴。我決定要寫給社區中曾對我和家人展現慷慨行為的人，謝謝這些具有深厚意義的小恩惠，並表達作為承受方的感受。

弱連結的人際關係也能帶來重大影響

寫完給瑪西的卡片之後，我想到那些總是慷慨以待的商店老闆和員工。艾瑪和麥克經營著我們最喜歡的書店，有天早上，我和亨利在書店窗外窺探，等待開門的身影被他們發現。「能在書店營業之前，隨著《歡樂滿人間[9]》的音樂舞動是亨利小小人生的亮點。」我寫道：「為此，我非常感謝你們，也謝謝你們開了『書乃魔法』書店，讓我們每次推開門都有回家的感覺。PS：我寫這張卡片時，用的就是書店的筆！」

而感謝我們最愛的義大利食品店時，我突然意識到，雖然新鮮製作的莫札瑞拉起司、義大利餃、燉飯球、焗烤千層茄子都令人垂涎三尺，但美食卻不是我們造訪的唯一理由。我們是因為吉安路卡才刻意去卡波托食品店的。「謝謝你總是對我和我的孩子如此親切友善。」我這麼

寫給他：「到卡波托或是亨利口中的『莫札呀呀店』買東西，向來是我們一週最好的時光，真的非常謝謝你。」

說到艾斯帕西托肉品店，他們的守護者是個高一百五十公分、穿著圍裙的豬雕像；而店裡洋溢的香味，就跟我住在皇后區的奶奶家中廚房味道一模一樣。第一次走進這間店時，融合燉煮番茄醬和濃郁洋蔥香的懷念氣味撲鼻而來，讓我的眼淚奪眶而出（傑克總說我是個淚腺發達的人）。其實這間被我們簡稱為「艾斯帕」的店，並不太適合趕時間的人，因為艾斯帕西托兄弟的其中一人總是會和排在我前面的人聊天，從洋基隊、義式番茄醬的成分聊到即將到來的節日。這時的我總是心生妒意，感覺自己像是遙望這幅恬靜鄰里風景的局外人。希望寫卡片給這對曾送我燉飯球和新鮮雞湯的兄弟，能有助於我在他們的心目中爭取一席之地。

還有坎丁咖啡館，我跟老闆亞莉絲的關係，比起一般客人要來得緊密。有天清晨，我不小心打破了玻璃咖啡壺，而當時我爸和他的伴侶海蒂又剛好來訪，每個人都急需咖啡。我迫切地推開咖啡館大門，亞莉絲告訴我，咖啡館還沒營業，但在看到我的表情後，便倒了許多杯免費咖啡給我。我寫給她：「當時真是緊急啊！而你的舉手之勞對我來說意義重大。」

我想要感謝展現善意的鄰居，這些舉動雖然小卻很重要，是這些點點滴滴讓我找到在紐約市一隅的歸屬感。

在寫卡片給他們時，一種已然熟悉的平和心情和冥想專注再度湧現。只不過這一次，我心中萌生出其他感覺，一種新的感受。一月的感謝對象是「城市豐收」活動的贊助人，感謝卡是一開始就說好的承諾；而給予鄰居的卡片則剛好相反，對他們來說，這是一種出乎意料、充滿友誼的驚喜。寫完卡片後，我內心有點激動，像是懷抱著祕密，沒錯，我手邊已經有了十一個署名、封緘、即將送出的祕密。

這時候，我卻猶豫了。**要是吉安路卡覺得這樣做很詭異，下次上門時會不會變得尷尬呢？瑪西會認為我太老派嗎？**但我認定，即使是最壞的結果，也不會太糟。而且事後證實，這些尷尬恐懼沒有任何根據。社會科學家已耗費多時證明，與陌生人建立連結（本章），或是寫感謝信給朋友（第七和第十三章）絕對不尷尬，而且對收件人的意義遠比想像中來得大。

我一直把卡片塞在背包裡，準備等經過書乃魔法書店、卡波托食品店、艾斯帕西托肉品店和坎丁咖啡館時，再拿出來。我也預先練習了遞出卡片時要說的話，大概就像這樣——準備接收驚喜吧！——「嗨，我寫了一張小卡片給你，請收下。」

我打算淡化親自遞送的行為，畢竟流露紙上的情感才是重點。結果發現，排練多次的臺詞根本派不上用場，因為我經過時，收件人幾乎都不在店裡。所以情況就更加簡單了：「這是要給艾瑪和麥可的卡片，可以請你轉交嗎？」就是這麼容易。

送出卡片沒多久，反應幾乎立即出現。艾瑪發訊息給我：「妳是全世界最美好的女子。」（我真的不是。我曾要求傑克舉出我較不討喜的特質，他毫不思索就說出了三個，至於是什麼就不在此詳述了。）而當我再經過卡波托食品店時，吉安路卡從櫃臺後方走出來，給了我一個擁抱，還問我是不是要搬走了。他說：「那張卡片讓我十分感動。」

在那之後一整天，以及隨後的好幾週內，這些對話都縈繞在我心頭，使我回味許久。即使是一年後的現在，重新回想起這些互動，還是讓我不禁微笑。感恩年挑戰才剛起步，每個階段都讓我感受到快樂：寫卡片時，我感到沉靜、滿足；將卡片遞交給毫無預期的收件人時，我難掩興奮；收到對方的回應時，我發自內心感到愉快。

這些人甚至不算我的圈內人士，只是**點頭之交**。我很驚訝與他們的連結，竟會讓我感到如此快樂。

為了深入了解這一點，我請教了吉蓮．桑斯壯，她是研究「弱連結[10]」重要性的學者之一。桑斯壯曾做過一項實驗，她給了一百一十一人計數器，以追蹤六天內弱連結和強連結的互動。研究結果顯示，比起其他人，和弱連結有較多日常互動的參與者，感到更為快樂，也有較高的歸屬感。

我詢問桑斯壯，與友善人士（還不算真正朋友）的互動為什麼對我們有這麼大的影響。她先解釋了一般的社會關係為何如此重要，並以五大理由說明：因為它們提供了正向刺激、樂趣、社會比較、情緒支持，以及受到讚賞和尊敬的感覺。

「弱連結能夠提供我們刺激。」她指出：「因為這些對象和我們有很大的不同，所以可以從他們身上學習。他們可能很有趣，即使沒有完整提供這五種影響——像是弱連結的情緒支持就可能較為薄弱——但還是能讓我們累積更廣泛的社會經驗。」

原來和吉安路卡及店家老闆們的友善說笑，除了當下帶來的愉悅感，還有其他**意**

義！它彌補了我們對連結和刺激的需求，這些人際關係顯然意義重大。在我應接不暇、沒時間與朋友聯絡，也幾乎沒空和傑克通電話的日子（呃，也就是多數日子），知道這些簡單短暫的互動也能作為一種社會關係，對我來說是個好消息，這些連結同時為我和對方提供了一些滿足，最後積沙成塔。

「我們都擁有強連結，這無疑是最為重要的關係，只是經營強連結有很多層面要顧及。」桑斯壯說：「弱連結雖然無法像親密的人那樣滿足我們的需求，卻能夠大大提升我們對事物的良好感覺。」

她解釋「弱連結」這個詞，來自一九七三年史丹佛大學馬克．格蘭諾維特教授的一項研究，他發現相較於強連結，人們更容易透過弱連結找到新工作。「強連結認識的人，都是相近的對象，無法提供像弱連結那樣的幫助，弱連結可以讓你接觸到較廣泛的資訊。」桑斯壯說明：「我認為這是重大好處之一。我們的生活中不常出現驚喜，而比起認識的人，不認識的人更容易帶來驚喜。」

驚喜與「這會不會讓人尷尬」是一體兩面。桑斯壯指出：「正因為『我不知道會發生什麼事』這個念頭，阻礙了人們與陌生人交流，儘管去做之後，往往會帶來好結果，而非發生壞事。」她和我分享了芝加哥大學尼古拉斯．艾普利和茱莉安娜．施羅德的一項研究，他們要實驗參與者在早上通勤期間和一個陌生人交談。根據參與者事後表示，相較於不交談，和陌生人交談可以獲得更正向的經驗。艾普利以一句話總結：「沒人願意率先揮手，但人人樂意回應揮手。」

桑斯壯告訴我：「而妳是率先揮手的人，我們正需要這種人。」

繼二〇一四年的弱連結研究之後，桑斯壯開始將注意力轉向與陌生人交談的行為上。她想了解人們對此有什麼煩惱，以及該如何緩解這些憂慮。「我付出很多時間教導人們開啟對話。」她說：「每個人都渴望建立連結，但不是很確定可以怎麼開始，所以最後總是繞著天氣話題打轉。或許，藉由這些感謝卡，妳主動提供了人們一個能稍稍深入對話的方式。」

的確如此，這些感謝卡開啟了一扇大門，讓我的人際關係升級。瑪西最近約我在一家烘焙坊喝咖啡聊天，坎丁咖啡館的亞莉絲則邀請我加入常客優惠時段。我和書店老闆艾瑪本來就是朋友，但經過《歡樂滿人間》那個早上後，我們的友誼更加深厚了——在一個親密友人的生日午餐會中，她就坐在我對面。

你永遠不知道率先揮手之後，接下來會發生什麼事。

你的舉手之勞卻是對我的大大恩惠

送出第一批卡片之後，我走在法院街上，經過幾家我喜歡的餐廳，努力思索著要感謝的其他對象。沒有任何想法躍入腦海，但我相信一定會有的。

接下來的幾天，當我試著重拾回憶時，一件有趣的事發生了：我能夠立刻意識到當下的善意。在我努力停好車時，有位鄰居適時伸出了他同情的援手。「但願這是你家。」我寫道：「非常感謝你幫忙我在路邊停車，我已經二十年沒開車了，最近才重新上路，所以很容易緊張。」

還有一位接駁公車的司機，在看見我跑向他時停車。我寫下：「謝謝你在我狂奔時，停下

來等我──感謝你成為我一早的幸運。」

以及沿街追著我的喬氏超市收銀員：「謝謝你一路追出店外，穿過大西洋大道，只為了遞給我忘在店裡的一袋雜貨。這省了我好多麻煩，真的非常感激！」

雖然無論如何我都會留意到這些時刻──但在以前，它們只會在我腦中一閃而過；而現在，因為我時刻留意著寫感謝卡的理由，便能夠將這些轉瞬而逝的想法凝聚成感謝之情，並在寫卡片及送卡片的時候，延長快樂的感受，將正面能量回應給開啟善意的人們。

在送卡片給喬氏超市收銀員的那天，我的婆婆盧正好來訪，她帶來的晚餐是鮭魚漢堡排，還有一件要送給亨利的冬季新外套。我周遭充滿善意──不只是鄰里，也出現在我的家裡。

盧住在曼哈頓，技術上來說，她並不是我的鄰居。但是寫卡片感謝喬氏超市收銀員付出的六分鐘，卻不為盧花費的好幾個小時表達謝意，感覺不太對。雖然我已經決定在二月寫感謝卡給二十八位鄰居，但難道為了恪守自己訂定的框架，就得等到十一月的家人月分才感謝盧嗎？

儘管每個月都有固定主題，但我認為在其中參雜給家人及朋友的感謝卡也可以，甚至是有好處的。

除了盧之外，我也在二月感謝媽媽送孩子衣物；感謝爸爸從果園寄了一箱柳橙及酪梨，並謝謝爸爸的伴侶及她的妹妹幫忙照顧我的小孩，還協助處理送洗衣物；謝謝妹妹帶了墨西哥瓦哈卡的紀念品給我們；以及弟弟「陪著亨利躺在地板上，直到他平靜下來、進入夢鄉」。

光是短短一個月，就能見證到這一切改變，讓我備受感動，也清楚了解到自己同時從弱連結及強連結得到了多少支持。

適時表達感激，建立更深厚的社區連結

後來我走進艾斯帕西托肉品店，收銀員竟直呼我的名字。我好奇地看著他，對方露出微笑說：「我知道妳。」然後指指廚房，我的感謝卡就貼在那邊的牆上。

親愛的約翰：

幾年前我懷有身孕時，有一次在艾斯帕西托肉品店購物，當時的我非常餓，買了四顆燉飯球，卻只付了兩顆的錢（直到後來才發現）。你不但結帳了，甚至還多給了我兩顆。感謝你的慷慨及善意，我從未忘記這件事！能有艾斯帕西托這間店作為鄰居，是我們的福氣。

送上愛的吉娜

我忍不住盯著自己的名字。現在，有一小片的我住在這裡，就在這個讓我深深憶起爺爺奶奶充滿番茄香味的地下室，一度為此熱淚盈眶的地方。比起一個月前，我又更融入紐約市的

一隅，就好像我的名字被織進街坊鄰里的百衲被一樣。

8 梅伯里（Mayberry），曾出現在美國許多影集中的一個虛構社區，現用於形容田園詩歌般的美好社區景象。

9 歡樂滿人間（Mary Poppins），於一九六四年出品的美國歌舞奇幻電影，改編自同名小說，在推出後大受好評。

10 弱連結（Weak ties），在社會網絡理論中，人與人的關係可分為強連結與弱連結。強連結的成員背景相似、人際網絡相近、差異性小；弱連結則為社交圈不同的對象，交集較少，可提供的資訊多元。

如何感謝你的鄰居

1. **決定一個數字**。不必是二十八或三十，就算是四——一週一人——也可以，訂定一個要達成的數字很有用。這個目標會讓你更認真思考，而非憑藉直覺選擇收件人，一定會有最具意義或最值得的對象。

2. **設定規範**。雖然聽來違反直覺，但嚴格的條件反而能激發創造力。如我所選擇的是：「曾幫助過我的鄰人」。

3. **保持覺知**。除了重溫回憶，也要留心即時發生的善意。

4. **不必固守主題**。當你開始感謝這些意義深遠的小恩惠時，很可能會注意到它們來自四面八方，不只鄰居，同時也出自朋友、同事、家人。別遲疑，現在就感謝他們吧。

5. **拍照**。養成習慣，記錄你所寫下的感謝卡。到了年底，回顧曾經表達的所有謝意是件很棒的事。

6. **送出感謝卡**。別想太多要如何破冰——就讓卡片自己訴說吧。

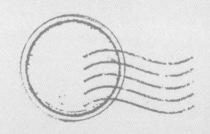

第三章

「還記得那時候的我們……」，重新建立聯繫，治癒傷痕

｜March：朋友｜

寶貴一課：寫下並寄出對過往的緬懷。

好處：感謝老朋友也是一種療癒儀式。

驚喜：失聯多時的朋友不見得永遠失去。

經過覺察並加深鄰里連結的二月後，我決定把三月獻給住在遠方的朋友。

當我坐下來準備列出感謝名單時，腦中立刻浮現一個篩選條件。我在筆記本上寫下：「想念的友人（即不住在紐約市）。」我在加州長大，到密西根求學，所以馬上想到了許多人的名字。

然而，真正的挑戰則是在思考感謝卡的內容時出現。首先，我沿用了二月（鄰居）的架構，嘗試回憶他們曾帶給我的付出。但是，現在突然感謝克莉絲蒂在一九九九年教我怎麼把頭髮弄直，感覺很怪，用整個三月來重溫數十年前我所受到的各式各樣幫助，聽起來就毫無亮點。

況且，友誼的重點向來不在於恩惠。我想要感謝這些人，是因為他們是我的朋友，但要是直接寫出來——**謝謝你當我的朋友**——呃，那不就很沒品地抄襲了影集《黃金女郎[11]》的主題曲嗎？此外，如果我不想寫出簡短而乏味的感謝卡（**謝謝你付出的友誼，我愛你**），也很有可能因為試圖描述友誼中對我意義重大的每件事，而讓內容變得冗長。

苦思這個問題時，我打開了收藏照片的鞋盒，希望能有一些頭緒。盒子最上方是我上次回老家的照片，我的家鄉在加州的帕洛斯弗迪斯，是洛杉磯郡南端的半島。那時，打從六年級就是我BFF[12]的卡崔娜，為我的小兒子查理舉辦了週歲生日派對，照片中，我們六個女生站在她家的車道上，背景飄盪著手作風格的長條彩帶。我們大笑，盡全力抓住自家不受控的孩子。回想那天，我的內心感覺好充實。

從照片中我的笑容，我知道自己徹底地放鬆。老朋友仍是我現在的朋友。或許我們已經不會像高中那樣，白天在沙灘做日光浴，晚上在浪間裸泳；也不會為了抽菸，而爬上通往盧納達海灣崖壁平臺的隱密步道。我們不再是無畏癌症、激流和濕滑懸崖的青少年；我們不再是孩子，也有了自己的孩子要照顧。每一年的造訪，表示距離當時無憂無慮的日子又再遠了一年。當見面的間隔變得愈來愈長、回憶也愈來愈模糊，我不免擔心自己就要失去這些朋友了。

在鞋盒深處，仍是同一群女生的照片，我們擔任彼此婚禮的伴娘；而更底部放的則是一群十四歲的小女孩，比基尼的細繩結從紮染T恤的領口露出。盒子裡還有我大學友人的照片，她頂著蓬亂的短髮，塗著葡萄乾色的唇膏。不知不覺，我已經在這些照片中沉浸了一個多小時——保存照片的鞋盒可說是前網路時代的Instagram——懷舊讓我激動興奮。而這種感覺、這種溫暖，正是我想透過感謝卡傳達的，但要怎麼做呢？

我突然想到這些照片可以設計成明信片，而且，因為某次深夜不理性的網購，我現在有了十大張郵票等著用掉。

這些照片已經開始泛黃變形，讓它們化身為傳達我心意的信箋，難道不會是更好的用途？

寫下並寄出對過往的緬懷

感謝前老闆梅莉．卡本特，讓我知道照片也可以當成明信片。她常以塑膠封套包裝照片，作為節日賀卡寄出。我寫電子郵件請她指點，她立刻就回覆了：「真有趣，妳居然記得這件事！我們以前會護貝照片，然後貼上郵票，不過，妳可以用可重複黏貼的4×6英吋透明封套……像是這個。」並熱心地附上購買連結。打開網購頁面後，我也將4×6英吋郵寄標籤，以及可以直接在照片上寫字的筆丟進購物籃（網路搜尋指引我找到施德樓的油性萬用筆）。

幾天後，所有工具到齊，我開始進行第一次嘗試。我拿著油性筆，直接在4×6英吋的照片背後寫上測試訊息，然後把它塞進透明封套。因為尺寸太剛好，以致於我不小心弄破了三個封套，才成功地把照片都包裝好。

我也試著在照片背後貼上郵寄標籤，將超出照片的部分摺起。不算非常工整，但勉強還算可以。

我帶著這兩份樣品到附近的郵局，也就是亨利街上的科布爾山多重郵務所。親切的所長歐瑪檢視了我的手工作品，判定簡陋的郵寄標籤勝出。他指出，封套雖然能保護照片，卻太輕薄，照片容易在寄送途中受損。

歐瑪有得到我的感謝卡嗎？你可以賭上弱連結猜猜看。

確認好郵件狀況後，我回頭翻找鞋盒，選出二十六張照片，加上五張感謝卡（包括要送給歐瑪的），於是達成了三月的三十一張感謝卡目標。我貼好標籤，劃上垂直線，留下空間撰寫地址及貼上有著貝殼浮雕的郵票。（每張比平信便宜十八美分，太棒了！）

在隔天開往紐澤西的火車上，我先打散了照片，然後選出我和友人莫莉在海外學期課程中的照片。

我深吸一口氣，排除其他想法和令人分心的事，專注在照片上。我寫下：「哦，夥伴，曾經妳住在阿姆斯特丹，我住在義大利，當時多麼無憂無慮。那時候的我們是否體會到這件事呢？我們吃著冰淇淋，那是多麼美好的日子。我想念和妳一起消磨時間，我也**想念妳！**謝謝妳多年來的友誼，我好開心能認識妳。」

接下來是我大學室友艾莉森的照片，她坐在摩托車上，而我戴著安全帽在她身邊微笑。我不打算讓她知道，當時準備騎上摩托車，馳騁在葡萄牙鄉間道路之前，我內心有多恐懼，感覺到腎上腺素在體內作用。事實上，當天稍晚將車停進停車場時，我不慎打滑摔車。「這張照片讓我大笑。」我寫下：「一切看起來都像在我的掌握之中，對吧？我在翻找舊照片時，發現有好多我們兩人的合影。非常謝謝妳多年來的友誼，我想妳，愛妳，等不及下次聚首的日子。」

現在，我對於怎麼寫卡片有了頭緒——重點在於照片，以及它所帶來的回憶——於是這些文字輕鬆飛快地從我筆下流瀉而出。

進入狀況後，我開始構思開頭問候的模板，再加上一些個人化的細節。就雜誌用語來說，模板適用於每期架構都相同的專欄和文章。這種方法是用來處理風格具體、可預期的主題內容，以避免每期都浪費時間做類似的事，也比較容易產出。

既然提到雜誌專欄，以下列舉一些我曾效力過的刊物：名人冰箱——一窺知名人士的冰箱內部（《瑞秋雷的每一天[13]》）、我所確信的事——歐普拉的散文專欄（《歐普拉雜誌》）、如果我是總統——向名人提問（《喬治月刊[14]》）、朝思暮想的一道菜——主廚最常被要求分享的食譜（《美食與醇酒》）。

回到正題。我的明信片模板決定從這句話開始：「還記得那時候的我們年輕又無憂無慮……」這句開場白描繪了過去幾十年中最令我想念的事——和朋友共度的漫漫奢侈時光。

致坐在義大利西恩納市田野廣場的莉茲：「還記得那時候的我們年輕又無憂無慮，在義大利逐漸熟悉彼此嗎？別讓傑克知道，但我覺得沒有人比妳更能讓我大笑。引用瑪琪在葡萄酒廠訪客簿上寫的一句話：**『感謝妳的友誼。』**」

致梅根：「還記得在無憂無慮的二十歲時光裡，看起來像是服飾品牌模特兒的我們嗎？我想念那些日子，也想念妳！謝謝有如此風趣、聰明和美好的妳，也謝謝妳成為我的朋友。」

我寫了三張明信片給我的BFF卡崔娜，查理的週歲生日派對就是她舉辦的。這些照片記錄了我們的友誼三階段——十一歲、十六歲及二十二歲——因為我找到許多絕佳合照，無法只選出一張。

寫完大約十五張明信片後，我發了簡訊，以含糊的理由（我要寄張小卡片給你！）收集地址。我找出塵封多時的天藍色通訊錄，更新朋友們的聯絡資訊，並期待接下來這一年要寫的卡片。

只不過，就連收集地址這麼簡單的任務，都讓我的內心苦樂參半。當高中友人佩姬傳來住址後，我基於好奇在Google街景上輸入。這感覺很奇特，首先，我不曾預期感

恩年挑戰會讓我出現彷彿跟蹤狂的行為，主要還是因為這位曾與我共度無數時光的朋友，現在住的房子我卻從未造訪。我的手機裡有她孩子的照片，但我不曾穿過白色籬笆、經過網格花架，站在她家門前。

檢視完成的明信片，我思索著每一位朋友現在正在做什麼。我想像有一張巨大的哈利波特劫盜地圖，隨著各人的行動亮起，顯示他們在屋內閒蕩時，從一個房間移動到另一個房間的腳步。

把明信片寄到我從未去過的加州、西雅圖和芝加哥的房子時，我心想，要讓舊時友誼長存多麼需要時間，雖然我們曾經擁有過這些時間，現在卻已不如往昔。

當時間變少，為何第一個犧牲的總是友誼？或許這解釋了社群媒體突飛猛進的原因。我們全都想念年輕時的友誼，但認為自己的時間不夠，便安於網路上的虛假版本。的確，三月的通信需要花費一些工夫和時間，卻比社群媒體的笑臉圖示更具意義，也比撥打二十六通電話更有效率。

誰知道這些電話什麼時候會撥出呢？或許要等上好幾年。在那之前，我想要為友誼，向這些人送上愛與感激，並希望這個行為可以成為彼此友誼的停靠站，直到我們有時間可以面對面坐下來談天。

我很快便收到回應，大部分是透過「叮」的訊息提示聲，拿著明信片的自拍隨即浮現。「我每天都會看看這張合照，它讓我止不住微笑。」、「妳讓我擁有美好的一天！」、「這張明信片讓我熱淚盈眶，一整天都過得很開心！」、「妳的明信片讓我度過愉快的一週，也讓我決定寫信問候其他老朋友。」此外，我也收到一些觸動心弦的語音訊息。

真情流露的回應從來不是我寫這些卡片的目的。二月初，我在筆記本寫下感恩年方針：「付出一切，無所期待。不要在意回應，可以將收到的回應放在心底，但絕對不要按照清單一個個追蹤確認。」

話雖如此，這些回應還是讓人感覺相當美妙。知道我讓朋友擁有美好的一天，也讓**我自己的一天**、一週及往後的日子也隨之美好。

感謝老朋友也是一種療癒儀式

當這疊照片開始見底，溫暖和懷舊的感覺隨即被焦慮和謹慎所取代。有四張照片不斷被我移到底部，但我很快就會用完其他藉口，而必須開始著手寫這幾張。

我在筆記本寫著：「要寄給曾經對我有重大意義，現在卻已經失聯的朋友嗎？」我和這四人的關係，大概是處於「道不同」和「疏遠」之間。

我第一次介意對方在收到感謝卡時會怎麼想。在感謝鄰居的二月，讓我略感遲疑或擔心會尷尬的人，就會被我從清單中刪掉。寫給鄰居的風險不高，就算被拒絕，也沒什麼好損失的。但是，眼前的風險使我憂慮，這張明信片會不會被當成矯情造作？我的文字會不會被解讀成被動攻擊[15]的諷刺行為？我究竟為什麼要這麼做？只是為了達成三月的人數目標，還是有更高尚的理由，像是架起關係中的橋樑？而明信片是否是做這件事的適當方式？

我從其中覺得最不困難的一張照片著手。凱薩琳曾是我大學時最親密的朋友，後來漸行漸遠。在這張照片中，我們搭乘高懸在密西根湖蔚藍湖水上方的摩天輪車廂。

「哦，那時候的我們看起來多可愛、多麼無憂無慮啊。」我寫道：「我希望妳知道，雖然我們不再密切聯繫，但我永遠感激妳的友誼。妳是我大學時代最可靠的友人，這段關係對我來說極為重要。」

第二人是在佛羅倫斯唸書時認識的喬，當我們二十多歲移居紐約時，他是我最親密的朋友之一，也是我婚禮上唯一的男「伴娘」。但他和我妹妹布麗琪相戀、同居，最後分手，情況變得複雜。當他從西岸回來紐約之後，我們大概一年見一次面，感覺卻不再相同。照片中，他和我及兩名友人站在羅馬競技場前面，集體擁抱。我寫道：「哦，夥伴，還記得那時候我們年輕且無憂無慮，安於令人作嘔的青年旅舍，盡情享受快樂時光嗎？我想念那段日子，也想念你。喬，我非常感謝我們多年的友情。」

接著是維傑，我的中學知己，我們直到大學都還保持密切往來。最後一次見面是七、八年前，在我家附近；那頓晚餐不知怎地感覺有些勉強，之後我們就沒有再說過話。在這張照片中，維傑身著吊褲帶，打著夏威夷圖案的領帶，在我的姐妹會中顯得衣冠楚楚。「還記得我們年輕時，曾經連續講了好幾小時的電話嗎？那感覺真棒。感謝你在我真正需要時，當我的好朋友。雖然因為生活繁忙，我們不再聯絡，但希望日後還是能保持聯繫。」

重溫這些關係的起點，面對友誼中的各種起起伏伏，迫使我面對心中更為錯綜複雜的感受——挫折、悲傷和失去。然而，寫下這些文字是一種情緒淨化，我感到一陣舒緩，肩膀在寫字時也放鬆了下來。

我不確定當我寄出電子郵件詢問凱薩琳、喬和維傑的地址時，他們會怎麼想。站在街角郵筒前方時，我感到恐懼和緊張，然而，都已經做這麼多了——就豁出去吧！

不到一週，三個人全都給了我回音。凱薩琳發簡訊給我：「妳在我心中始終有著特殊的位置。」喬以一封主旨為「妳真是體貼周到」的電子郵件告訴我，他也想我。而維傑從芝加哥寫了一封長長的電子郵件，說我的明信片現在就放在他書桌上的顯眼處，他說自己經常回想起中學時光，還說「由衷感謝能有妳這個朋友，妳讓我的人生大為不同」。

這些回應讓我開始思索「失去聯絡」這個詩意的說法。我們是否只是單純忘了這些**聯繫**？要是能透過一張簡單的明信片重拾關係呢？

但想到這個月的最後任務讓我的喜悅降溫。還有一張明信片要寫，這也是最困難的一張。莎拉並不符合這個月的感恩條件：她就住在布魯克林，距離我並不遠，但情感上卻非常遙遠。我們已經好多年沒聯絡，她來參加我的產前派對後就離開了我的生活。就好像當我即將為人母，我們的生活方式開始分歧，她選擇了與我斷絕關係。

在這張照片中，我從背後抱住她，我們的臉貼在一起。這是我二十多歲時最具意義的一段友誼。我欽佩她生活在這世界的勇敢及美學。她是樂團主唱兼作曲家，帶我到處參觀博物館展覽及藝廊開幕式，介紹我加入她無比時尚且迷人的朋友圈。我們一開始就相處融洽，經常用整個下午討論書本和家人——對我而言，她可是絕佳的業餘心理師。但這五年來，我們只見過一次面，她帶著懷孕的消息來找我，後來又失去蹤影。我深深吸了一口氣，專注在照片上，開始寫下文字。

「還記得那時候的我們，無憂無慮地在紐約市冒險嗎？和妳成為朋友，為我打開了通往一座魔幻城市的大門，那裡有玫瑰、藝術和音樂……為此，我非常感激。我想念我們奢侈的促膝長談及早午餐，熱切期盼能再次見面。」

當明信片落入郵筒時，我內心感到無比脆弱，腹部一陣翻騰。

尤其在見到收件匣出現她的名字時，這種緊張情緒來到最高峰。「今天在廉價家具的廣告傳單及信用卡申辦文宣之間，有著至今我見過最美好的照片和文字。」她寫道：「哦，我深深記得那些美妙的無憂日子！當時我們多麼開心，彷彿白天和夜晚都永無止盡，無牽無掛，也沒有會在清晨六點叫醒我們的孩子。我迫不及待能盡快和妳見面，告訴我妳的行程吧？我會蹺班幾小時過去找妳，好嗎？送上許多吻。」

失聯多時的朋友不見得永遠失去

莎拉來到我這個月剛加入的共享辦公室，在我對面坐下。我努力不在胸前交叉手臂，然而，從她高亢的笑聲和摳指甲的動作看來，她也很緊張。

經過幾分鐘的閒聊（共享空間的時髦風格、窗外的布魯克林大橋），莎拉開始吐露近況，說交往對象一年前「炸了」，原本她就一直掙扎於母職，而成為單親媽媽後的生活更是艱困，此外，她還被診斷罹患了類風濕性關節炎。「當我開始覺得自己的人生一團亂之後，便選擇離開。」她說：「因為我無法再散播任何歡樂或美好的事物了。」

她的脆弱使我卸下心防。在她說話時，我除了同情這位朋友，為她難過之外，也一再於心裡出現這句話：這一切或許真的不是我的關係。

之後我們的對話漸漸回到往日熟悉的模樣。我們談到她住在佛蒙特的爸媽，她詢問我家中每位成員的近況。話題有如滾雪球般，最終成為一種心理療程，我甚至在解釋因為一次和公婆共度的週末，最終造成關係緊繃時，還擦拭了眼角的淚水。她融合了知性聆聽和賢明建議的獨特風格——協助我整理出談話要點——大有幫助，就像過去一樣。

這頓午餐持續了兩小時，最後延長成整個工作日。她協助我替一個社群媒體客戶拼貼照片；我替她即將舉辦的藝術展覽校對一份新聞稿。臨別前，莎拉拿出一張在我婚禮上拍下的拍立得相片，她保存了十二年。前景是只有手肘以下部分的我，身著禮服旋轉，後面有三名男士在拍手，我想其中一人應該是我爸吧。這張照片十足動感、饒富趣味且不失優雅，簡直應該要放大裱框。我寄給她一張照片，而她也回報了我一張照片。

我們承諾下次要在她經營的下東區藝廊碰面，並且在三週後便成行了。她帶我參觀

照片明信片

許久未見的照片

重新相聚的午餐

當期的展覽，由發掘日常輕盈瞬間的美麗照片及裝置所構成：擺放在茶几上的薄荷糖、巧妙散落在平臺上的細棍棒。我們接著前往另一家藝廊，逛了一間植栽店，飽食大碗河粉。我們感受到的活力彷彿與之前的憂慮無關，一切如常，我心中充滿感激。

不久之後，她在電話中告訴我她對那張明信片的想法，還說這張照片現在正貼在冰箱上。「我像逃避瘟疫般迴避我的郵件，因為那裡只有數不盡的信用卡帳單，無聊至極也沒有好消息。」她說：「所以當在一張卡片上看到妳和我的合影，讓我感到驚訝，那感覺好像在說：『這是什麼神奇玩意？』明信片上提到對青春時光的緬懷也讓我深有同感，正因為我的生活已經和當初我們認識時大相逕庭，是那張照片帶我回到當時的快樂時光。我還記得收到時也萌生了這樣的想法：**我很慚愧，沒能做到和吉娜保持聯繫**。但又想到：**即使吉娜對我的消失不明所以，但她還是愛我**。這張卡片彌補了我個人生活的裂痕，成為通向外界的橋樑。」

我吐露心中對該不該寄出這張卡片的掙扎。我不知道這是不是聯繫她的正確方式。我想知道這和接到電話或收到電子郵件，感覺有何不同？

「首先，照片本身就充滿力量，情感不斷湧現，淹沒了我。我知道這張照片是什麼時候拍攝的，也記得那段快樂時光。再者，實體信件是一種緩慢的溝通方式，它讓思考過程也慢了下來。剛開始，我心想，**哦，這太感人了，她真是太親切了。**然後想，**哦，天啊，我真的搞砸了。她會想聽到我的消息嗎？**後來則想，**我猜她會，因為她寫了這張明信片。**這是顯而易見的善意，而我也可以選擇用自己的步調來回應，不論方式或時間。」

她繼續說：「我很感動妳不辭辛勞地手作卡片，這比寫電子郵件或打電話都更花時間。這張卡片承載著妳的付出。在欣賞藝術時，我們總說：『你可以看見創作者的手。』這表示事物背後有人為的努力，留下了勞動的痕跡。」

多麼美好的表達方式！這讓我想起喜歡莎拉的另一個理由——她有著聰慧獨特的見解。而我也為我們錯過的時光感傷。

我提起這段友誼疏遠的開端，說它碰巧遇上我要當媽媽的時候。「我在妳的產前派對心神不寧。」她承認：「那時我有個交往一陣子的對象，卻被甩了，我當時想著：『我為什麼要帶著自己一團混亂的情緒，來參加這如此美好的產前派對？』」

於是我告訴她，我曾經以為她是因為我生寶寶，而不想再當我的朋友了。我聽見她倒抽了一口氣：「我懂這個想法，對於在我生小孩後就消失的人，我也有過同樣的猜測。但情況根本不是這樣，我當時覺得自己在許多方面都很失敗，我一直想要表現出最好的自己，一旦做不到，就不知道該如何出現在眾人面前。」

（懷著滿溢的情感再說一次：或許這一切真的不是我的關係。）

莎拉接著說：「非常對不起，我必須向你道歉，那並非身為朋友應該做的，只因為覺得沮喪就徹底消失，真的大錯特錯。雖然我看起來像是情緒收放自如的人，一旦陷入困境時，卻完全無法控制自己。我內心充滿痛苦，只能自己獨處，直到能夠用言語向他人表達心中感受為止。這不是健康的生活方式，我得改變一下。」

我跟莎拉聯繫不是為了尋求道歉，但聽到她表達歉意，對治癒過去幾年的傷口確實大有幫助。

「對我來說，妳的明信片像是劃過天際而來，引發了讓我們修復友誼的連鎖效應。」她說：「而它教了我驚奇的一課：不要妄自猜測自己讓人失望透頂，而讓對方不想當你的朋友。或許還是有餘地，可以在別人感到失望後做出補償。我們在人生的道路迷航時，總是能回到正軌。我現在正在努力找到正確的道路，成為更好的自己。」

這是我記憶中最坦誠、最有意義的對話，如果不是因為要寫這本書，我們之間不會有這樣的對話，或者說，不會有如此深度的交談。但這是為什麼？

「我們總是談論如何在戀愛關係中成為積極的參與者，以及該如何做到。」莎拉指出：「但我們沒有給予友情應有的珍視。」

在清單上寫下朋友的名字，找出我們的舊照片，訴說我有多想念他們，然後修復受損的關係——這就是我珍視友誼的方式。告訴他們，**你們的**友誼對我來說無比珍貴，直到現在也依然如此。

11 黃金女郎（The Golden Girls），一九八五年推出的美國影集，一九八八年於台灣播出，廣受好評。內容描述四位年長的單身女性在邁阿密當室友的生活。作者引用的句子（Thank you for being a friend）即為影集主題曲歌詞。

12 BFF（Best Friend Forever），永遠的好朋友。

13 瑞秋雷的每一天（Rachael Ray Every Day），由美國知名主持人及廚師瑞秋雷（Rachael Ray）創辦的生活風格雜誌。

14 喬治月刊（George），旨在以流行大眾的風格呈現政治相關議題，讓政治更有趣的政治雜誌。

15 被動攻擊（passive-aggressive），迂迴地表達憤怒，利用各種暗示讓人感到不快的做法。

如何寫下
「還記得那時候的我們⋯⋯」
的明信片

1. **找出舊照片**。不管是線上的數位照片還是鞋盒內的實體照片都可以（如果沒有複本，可以先複印一份）。找出（或印出）讓你會心一笑或湧現強烈情感的照片。

2. **加固照片**。利用4×6英吋的郵寄標籤來加固這張照片，你可以剪掉或摺起標籤超出的部分。劃一條垂直線，保留右邊作為寫住址和貼郵票的空間（你懂的，就是明信片）。

3. **排除其他讓人分心的事**。專注在照片上的人物，以及當時的片刻。你想起什麼？心中湧現什麼感覺？

4. **試著以「還記得那時候⋯⋯」作為開場白**。接著分享照片讓你想起的回憶及情感。正因為明信片只能寫幾個句子，更需要真誠且明確。

5. **與疏遠的友人聯絡時請保持友善**。這張卡片不該流露受傷的感覺及委曲——這些最好在對話中表達。你的文字和語氣也不該有偽裝，更不必故作瀟灑。寫下發自內心的真誠想法：你對這個人有什麼思念、為什麼珍惜這張照片喚起的回憶。然後寄出去，靜待回音。

第四章

寫感謝卡給幫助育兒的聚落，造就更快樂的爸媽

| April：育兒 |

寶貴一課：一張好的禮物感謝卡應該放入真感情。

驚喜：只要建立榜樣，就能養出感恩的孩子。

好處：表達感激可以緩和當媽媽的挫折感。

上個月寫給朋友的明信片中，有一句話「還記得那時候的我們……」其實，這是有隱藏的涵義：「還記得沒有小孩的生活嗎？」三月讓我重溫並美化這些無憂無慮、膝下無子的往日回憶。接下來，我希望用整個四月檢視育兒時光，可以幫助我品味這段瘋狂旅程中的喜悅，減少挫折感。或許，這樣也能找回一些剛當媽媽時的母愛魔法。

回想四年前的某天，我把亨利背在胸前，到科柏丘公園散步。他當時還是個小寶寶，露出藍莓色的大眼睛，有位男子叫住我說：「妳一定覺得自己是全世界最幸運的女人！」大約一週後，我一樣背著亨利到公園散步，這次見到一個五、六歲的孩子重重捶打一位身穿紫色毛衣的婦人，尖叫：「我真的好累！」那位（應該是）媽媽轉向我，以一種近乎恐嚇的語氣說：「好好享受你的寶寶，未來情況只會更糟！」

我倒抽了一口氣，更用力抱緊亨利，稍微為我們擁有的美好時光沾沾自喜。每一天似乎都會帶來新的奇蹟，每一晚我都會流下感激的淚水。

每晚亨利就寢前，我總是會拿出南西．蒂爾曼的真摯繪本《愛會找到你，不管在哪裡》念給他聽，這是我們的例行活動。這本書是加州的友人山姆送的禮物，其中有一段話每次都會打動我：「如果有一天，你覺得寂寞、難過，被三振出局的時候、覺得自己很差勁的時候……你只要抬起下巴，感覺風吹過你的頭髮。那就是我，親愛的，我的愛就在那兒。」

每次，就算我能保持鎮定念完這本書，還是會在哼唱披頭四的歌曲〈在我的生命中〉哄亨利入睡時落淚，這通常發生在必須拉長音的副歌期間：「在我—我—的生命中，我最—最—愛你。」

不過我上次讀《愛會找到你，不管在哪裡》或唱〈在我的生命中〉給亨利聽已經是好幾年前了。大約在亨利兩歲時，他開始對睡前讀物有更多樣的要求——《莎莎摘漿果》、《邁克和他的蒸汽挖土機》——以及羅菲[16]和羅傑斯先生[17]的兒童歌曲。

我最近沒什麼時間能珍惜這些甜蜜親子時刻，規劃亨利的五歲生日派對讓我暈頭轉向。這也是我把四月設定為育兒月分的原因，我認為在感謝亨利收到的生日禮物時，可以達成這個月的感謝目標。

至於生日派對的主題，亨利的要求是：「海洋奇緣百老匯音樂劇」。（他原本提出的點子是「忍者百老匯音樂劇」。或許有製作人在讀這本書，在此獻上這個遺珠。）亨利最近觀賞了人生中第一次的百老匯表演《冰雪奇緣》，雖說大部分時間他都躲在劇院大廳，就算進了表演廳，我們也只能站在後方，讓他像猴子般緊抓在我身上。

另外，歸功於好幾個小時的規劃和裝飾品訂購，這個戴著夏威夷花環、跳著草裙舞、（成人們）喝著啤酒的生日派對倒是很成功。活動結束後，在四處飛散的禮物包裝紙陪伴下，我勤奮地記錄收到的二十件生日禮物內容及送禮人。四月大部分的感謝卡應該可以在一、兩天內輕鬆完成。

一張好的禮物感謝卡應該放入真感情

整整一週，我隨身帶著這份手寫的感謝清單以及一疊有著蝴蝶浮雕的卡片。我曾在通勤途中拿出它們，試著完成一些卡片，卻不小心沉浸在引人入勝的故事中（泰拉．維斯托的《垃圾場長大的自學人生》）；或是打給傑克，確認週末計畫；或是回覆電子郵件。一週變成兩週、接著三週，然後來到四月的最後一週，我這個月甚至連一張卡片都還沒寫出來。

那個週六下午，趁著查理在午睡，傑克帶著亨利去公園時，我在書桌前坐下，面對這項任務。我開始著手整理桌面、重新安排擺設……**哦，老天，為什麼我就是無法開始寫感謝卡？**

我突然意識到：我討厭寫感謝卡！我不斷逃避這個任務，因為它讓我覺得是某種必須完成的義務——就像撰寫任何確認收到禮物的傳統感謝卡。

我必須重新擬定感謝卡格式。首先，要感謝這些人來參加派對，還送亨利樂高、玩具車、植物栽培盒、石頭彩繪套組等等。然後，我要挑戰自己，設法寫得更深入。

我想到我的鄰居好友莎拉——不是那位我重新聯絡上的莎拉——我一直很欽佩她的育兒方式。她會彎下腰，以只用在孩子身上的輕柔語調向他們說話。我寫給她和她的老公：「五年的育兒生涯讓我變得多愁善感。我想告訴你們，你們兩人一開始就是我們心中的育兒典範。」

我又寫給幾位鄰居友人，我和傑克總會在緊要關頭向他們尋求建議、方向。致安娜和弗瑞德：「謝謝你們成為我們出遊必找的朋友。」給瑪莉和喬馬：「能和你們共同度過育兒生活，真的非常感激。」

在我們的育嬰假期間，妮可和羅帶來辣椒料理、手作鷹嘴豆泥，還有布朗尼，讓我們飲食無憂，並且時時關切亨利。我寫道：「非常感謝你們一直付出這麼多愛照顧亨利，支持我們育兒。拉拔一個小孩長大的確需要一整個村莊[18]的力量……真幸運這個村莊有你們！」

這五年來，我和傑克打造了一個由鄰居和友人構成的育兒村莊，而我們的家族成員和照護者在其中扮演最為重要的角色。我寫給我的公婆安迪和盧：「真的很幸運能有樂意幫忙的你們住在附近。」也謝謝保姆瓏達：「謝謝妳用各種無微不至的方式照顧亨利和查理，我們十分感激妳。妳讓我們得以好好過生活，而我們也知道妳在照顧孩子們時付出了多少愛情和關心。」

打從一開始，我弟和我妹就是亨利最熱情的粉絲。致我的弟弟亞歷斯：「謝謝你來我家幫忙顧小孩、陪他們玩……孩子們都很崇拜你，這對我意義重大。我無法想像要是沒有你堅定的支持，究竟該怎麼順利度過這五年的育兒時光。」對妹妹布麗琪，我則寫道：「妳是全世界最可愛、最願意伸出援手的阿姨！」

我爸媽雖然住在加州，但總能找到各種方式向孩子們展現愛意。我媽媽送了一個《海洋奇緣》主角的娃娃和一件毛伊襯衫給亨利，呼應派對主題；我爸爸和他的伴侶則攬起訂購所有夏威夷裝飾品的責任。我也謝謝我的小叔和他女友帶我們去看堪稱亨利人生里程碑的第一場百老匯秀，只是時運不佳。

我知道自己非常幸運，能擁有優秀的保姆和樂於協助的親友。當我寫給清單上的每一個人，完成一張又一張卡片，我知道這疊感謝卡就是看似玩笑話的育兒村莊實際存在的證據，心中充滿無限感激。

只要建立榜樣，就能養出感恩的孩子

除了大人們，我還得感謝亨利的同學送他禮物。我盡職地先在每一張卡片上寫下亨利收到的每一個玩具或拼圖，接著請亨利說出想要感謝的訊息。讚美朋友（和街上的陌生人）對亨利來說是自然而然的習慣，所以他立刻接下這個任務：「我喜歡擁抱你。」、「我認為你超級有趣、溫柔、親切。」、「你午餐時總是很好笑，我喜歡。」

自從在一月的感謝卡加上他選出的食物搭配後，亨利就一直想要為我的感恩年提供協助。他幫忙我送出二月的感謝卡給鄰居們，也包括那位接駁公車司機。

事實上，亨利也是感謝對象之一。在他不小心扯壞我童年的拉基德·安[19]娃娃後，還跑去請祖母修好它，我寫了一張卡片給他：「當我跟你一樣大時，這個娃娃是我心中特別的存在；你想要修好她，並決定做點什麼的心意，對我有重要的意義。親愛的，你有一顆非常溫暖的心。」亨利收到之後，已經連續三次要我讀這張卡片給他聽。

當我們早上走去上學時，亨利喜歡問我：「妳今天會寫感謝卡嗎？告訴我妳今天要寫什麼！」他成了我的啦啦隊長，告訴我這個感恩年挑戰「太棒了」，並且不斷稱讚我：「媽咪，做得好！」

大約在這個時期，就在他剛滿五歲後，亨利學會了一個新句子：「我很感激。」剛開始，他會對我、傑克和查理說這句話，後來，聽過這句話的對象越來越多，例如，他會對老師、最好的朋友奧瑞莉亞，以及奧瑞莉亞的媽媽史蒂芬妮說這句話。在我寫書的當下，已經過了一年半，亨利還是經常把這句話掛在嘴邊。

亨利也開始更具體表達他的謝意。「我喜歡這個豌豆湯！媽咪，謝謝妳為我煮這個湯！」還有在生日當天享用壽司午餐時對廚師說：「這個軟殼蟹好好吃！謝謝你做這個給我吃。」然後轉過頭來，建議我們寫一張感謝卡給他。（我很感激的一件事是，亨利勇於挑戰各種菜色。查理則完全不一樣，他對於不是起司通心粉的東西都抱持懷疑態度。）

亨利不只經常覺得感謝，這件事也深植於他心中。在一次逾越節晚餐[20]中，他站起來宣布：「各位，打擾一下，你們全都非常有禮貌，我很感激。我感謝你們所有人！」

二〇二〇年封城期間，亨利在錄音給老師的作業中，下了這樣的總結：「在這個和病毒一起生活的困難時刻，布魯諾老師，我想要妳知道，妳做得非常棒。謝謝妳做的每一件事。」

亨利生來就是個甜美熱情的孩子——也有激怒爸媽的才能，這個晚點再說——但他對感謝的熱忱卻是件新鮮事，我相信這是因為感恩年的關係。我好奇，是不是所有孩子都容易學會感恩的態度呢？心理學教授傑弗瑞．弗洛和賈科莫．波諾兩人給了我肯定的答覆，而波諾教授在二〇一四年出版了著作《培養感恩的孩子》。

這本書提出三十個教導孩子學會感恩的策略，我在閱讀時發現，其中有許多策略是我在感恩年持續執行的事。比如建立感激的榜樣，並指出當下發生的好事，以及促成好事的人，激發感恩的想法。

「就孩子的發展而言，將生活中的好事連結到背後促成的對象，是最重要的連結之一。」波諾在電話中如此說道。他也同意，我表達感激的日常行為，影響了亨利。「他知道感激這件事對妳很重要，妳也會向他解釋背後的理由。人們經常問我，要養出一個感恩的孩子有什麼訣竅？我總是說，大量溝通很重要。」

當我在為著書進行調查時，波諾和他研究的共同作者在紐約州一間小學進行了一項實驗。他們把一百二十名四年級學生分為兩組，讓其中一組參加為期一週的感恩課程。每一天，課堂上都會介紹一個假設情境，請學生想像自己是這個情境故事的主角，故事中還有一個對主角伸出援手的對象，像是姊姊或友人。課程用意在於讓學生了解這位恩人的意圖及為此付出的個人成本。

根據參與感恩課程的學生回報，他們更常出現感謝的想法，根據教師們的評估，整體而言，這些學生也比沒有參加課程的學生來得快樂。當課程延長為五週時，結果依然相同。只是我在想，一週，甚至五週的時間是不是真的足夠。畢竟亨利是在我的感恩年挑戰持續好幾個月後，才真的出現改變。

波諾他們也舉辦了一場全校性的感恩演講，活動最後以一個含蓄的道德選擇作結。「剛才這場演講是由親師會主辦。現在有五分鐘的時間，這段時間，你們可以用來寫感謝卡給親師會，或是選擇自由活動。」

「哈！」我抄寫筆記時，心想這真是個誘導式的說法。**孩子們，選擇正確的那一邊！**參與感恩課程的學生，寫感謝卡給親師會的數量比另一組多出了百分之八十，對此，波諾和他的共同作者宣稱「為研究結果提供外部驗證」，同時也能證實「提升感激想法的實際措施，確實會導致行為改變」。但這無法說服我，如果這些卡片是寫給老師、家長或朋友，會不會更有意義？要怎麼寫感謝卡給形象模糊的親師會呢？

但是波諾還有更多近期的證據。他興奮地向我分享一個叫做GiveThx的教室應用程式，這是他和加州奧克蘭一位高中老師共同發起的。現在，全國有超過八十間學校在使用這個程式，它讓學生能夠以簡單隱密（不會尷尬）卻很有效的方式，傳送感謝訊息給同學。這些訊息都附有標籤（友誼、慷慨、勇氣、聆聽），程式會據此繪製圖表，讓學生可以觀察感謝的模式。比如說，他們大多是因為友善和同理而得到他人感謝，在感謝別人時，則通常是因為對方的鼓勵及協助。

波諾說，成果十分顯著。使用這個程式的班級表示班上的氛圍和心理健康都獲得提升，同時也降低了焦慮、沮喪和壓力感。

「研究發現，我們在書中列出的感恩課程建議做法並不夠。」波諾說：「有機會實踐和自動自發說謝謝才是關鍵。同時採用課程和應用程式，似乎可以帶來我們希望造成的影響。」

換句話說，我靠自己達成了和研究相同的結論：當你向感激的對象分享心中的謝意時，就能見證源源不絕的好事發生。

表達感激可以緩和當媽媽的挫折感

隨著這個月的感謝目標即將達成，我想要寫兩張感謝卡給亨利和查理，並打算在和他們共度一天之後再提筆動工。

但那一天真是太糟糕了。我不記得發生了什麼事，應該是我要求亨利停止做某件事——像是不要往書架丟彈力球，才不會打破掛在一旁的相片——但他盯著我的雙眼，繼續做同一件事，像是沒聽到我說的話。他可能也沒關上樓梯上方的安全門，讓他二十一個月大的弟弟隨時可能失足跌落，儘管我一小時內已經提醒他六、七次記得關門。最有可能的是，他拒絕收拾像五彩紙片般散落各處的樂高玩具。那天結束時，我覺得自己逐漸被孩子掏空，直到一無所有。我應該也打了通電話給傑克，告訴他：「我的母性已被千刀萬剮，徹底死去。」

關於這一天，我唯一記得的細節是一個人在洗衣間裡痛哭，聽著瓊妮·密契爾唱著：「我希望能有一條河，讓我溜冰離去。」

這不是寫感謝卡給孩子的理想夜晚，但送他們上床後，我還是決定按照原訂計畫，坐下來開始寫感謝卡（我目標導向的人格特質可能有點失控）。寫完後，我發現卡片內容看起來有種被動攻擊的諷刺感，就像那封寫給老闆卻永遠不會寄出的洩恨郵件。給亨利的卡片尤其如此。

亨利雖然有著貼心的個性，也常常表達感激，但自從查理出生後，他卻一直惹火我。亨利一開始就很愛查理，也幸好他從未把「那我呢？」的不滿發洩在查理身上。只是這些情緒全都留給我了。有好幾個月的時間，亨利堅持坐在我的腿上吃飯，但大部分的食物都掉在我身上，所以我的身上不只沾著母奶，還有果醬和濕軟的早餐麥片。還有一天早上，他走上樓，看到我在床上餵查理喝奶，便大發脾氣。

「查理在床上吃早餐？」他大叫：「我也要在床上吃早餐！不准笑！」

這件事很好笑，我和傑克常常提起，但現在想想，才發現亨利當時是多麼拚命想要得到我的關注——就好像我對他的關心永遠不夠。「壞關注」變成我們掛在嘴邊的一個詞——拜託，亨利，不要追求壞關注。

手上這張一團混亂的感謝卡讓我受挫。我是否已變成公園裡那位穿紫色毛衣的婦人？至少亨利沒有用肢體攻擊我，還沒。

我覺得很慚愧，也對自己生氣——因為沒能讓這一天過得更好；沒能協助亨利適應四人家庭；沒能當個更有耐心、更快樂的媽媽；沒能找到足夠的感激，寫出像樣的感謝卡給心地善良的兒子。

「親愛的亨利」，我輕撫感謝卡的開頭文字，然後想起一件事。在我三十代早期，我寫了許多信給未來的孩子，一開始，是因為我等不及要當個媽媽，這個習慣一直持續到亨利出生後的幾個月。

「親愛的你」，我在每一封信的開頭都這麼寫。二〇一一年的春天，我向未來的孩子分享我吃的最後一顆避孕藥，當時家中的辦公空間（「即將成為你的房間」）窗外櫻花盛放。在二〇一二年四月，我寫下為了懷孕而勉強喝下的中藥：「我原以為這時候你就已經在我的懷中熟睡，但沒關係，我們等的就是你。」二〇一二年九月，我寫到終於發現懷孕的那一天，形容它是「陷在小小美夢中的飄浮狀態」。在那封信的最後，我寫道：「你甚至還沒有罌粟籽大，但我們已經愛上了你。」懷孕後期，我寫下他是男孩子的消息，以及我一直在與妊娠糖尿病奮鬥，而他似乎喜歡披頭四，尤其是〈在我的生命中〉這首歌。

當時，亨利還沒有名字，只是「親愛的你」、一個概念、一顆罌粟籽，母職則是一種幻想。亨利出生後，幻想一度成真。

二〇一三年五月三十日

親愛的亨利：

你剛要從一個很長的午睡中醒來，所以我沒有多少時間可以寫信。哇，這幾個月真是瘋狂！首先要說的是，我比原先預期的還要愛你，我真的真的好喜歡留在家裡，整天跟你膩在一起——就算我們每次幫你換尿布時，你總是不停尖叫，而且你變得難以取悅，一天總得哭上一小時。但我好像不該從這些麻煩事開始？現在是晚上七點二十分，陽光從房間窗戶透進來，讓你沐浴在甜美柔和的光線之中。你躺在我旁邊，扭來扭去，小腳丫像青蛙般可愛地到處亂踢。我和你爸爸總是盯著你看，從來不覺得厭倦。當我們其中一人抱著你，就會對另一人說「看看這個小可愛」，或是「來看一下這隻小猴子」之類的話。我們真的好愛你。

讓我回到四月十八日晚上八點三十分，那天是週四。你爸爸打電話給我時，我正在家裡沙發上看電影《心火》。他的同事在一家愛爾蘭酒吧為他舉辦了一場準爸爸派對，他在回程的地鐵上打給我，問我要不要吃披薩或是大蒜麵包結。我告訴他我吃了什麼當晚餐（罐頭鮭魚佐黃瓜優格醬，加上英式瑪芬和炒羽衣甘藍），然後我說：「哦，老天，我的羊水破了。」那種感覺和聲音就像是汽球在我體內爆破，實際上也真的如此。我跑去浴室，站在一灘水之中。你爸爸一直說：「妳確定嗎？」對，我確定，羊水破了。你正在來我們身邊的途中，整整提前了四週。他衝回家，幫我打包去醫院的行李，幸好還記得你的汽車座椅放在地下室。

我們大約在晚間十點十五分抵達羅斯福醫院，他們為我做檢查的時候，子宮頸已經擴張至五公分——你在抵達的路上，我的產程進展快速。我們在九到十公分之間停滯了一陣子，非常難受。我想要用力，卻沒辦法，這讓我感到挫折。宮縮不像我想像中可怕。有你爸爸、助產士瑪莉莎，以及一位了不起的護理師在身邊讓我感到安心，這是一支優秀的後援團隊，但整件事還是要靠你和我一起完成。在分娩課程中，老師建議大家想好一句口號，而我在幾天前就想好了：「如果他辦得到，我就辦得到。」我在陣痛期間一直想著這句話。對你來說，這一定很瘋狂，先是失去曾經是你家，也是你整個世界的羊水，然後不管有沒有準備好，都會被推到外面的世界來。在凌晨三點時，我開始用力，用力了好長一段時間——總共四小時，而非預期的兩小時。助產士一度提到剖腹產，而我只是想著，我可以再用力一點。在上午六點到來的助產士蘇珊娜拿出一面鏡子，當我看到你的頭（已覆滿柔軟的黑髮），我瞬間充滿動力——你在大約三十分鐘後滑出產道，就在四月十九日，週五，上午七點零一分。

助產士馬上把你抱至我胸前，我深深愛上了你，我跟你爸爸都是。你爸爸忍不住顫抖啜泣——你現在可能已經知道，這是很少見的情形（不過那週他忍不住啜泣了好幾次）。我提醒他在你耳邊低語你的名字，就像你的爺爺在他的耳邊低語「雅各[21]」一樣。他嗚咽著，努力在你耳邊輕喚「亨利．菲力克斯．柏格曼」。多美麗的名字！除了我們兩人之外，你是第一個聽見它的人，我希望你跟我們一樣喜歡這個名字。然後我們第一次為你唱〈生日快樂〉——但願日後還有許多唱這首歌的機會。

我深深記得這一刻，我記得那天的幸福感，以及在隨後的幾個月內，我的耐心一天比一天深厚，每天都是無價的寶物。當時，我每晚都對亨利哼唱「我最愛你」。我希望自己能憶起在這些時光中，以及得知懷孕消息，想像即將當媽媽時，所感受到的感激之情。

現在，母職不再是美好幻想或新鮮事，現實是殘酷的。有句話說「日子漫長，歲月卻短暫」，如果為人父母，或許也會對自己這麼說，因為它是如此血淋淋的真實。究竟是為什麼呢？或許是因為度過一天讓人精疲力竭，在孩子上床後，遺留的惡劣時光仍會緊跟在後，在我們手持烈酒走進洗衣間，聽著瓊妮·密契爾賺人熱淚的歌聲時如影隨形。

但是在一、兩小時過後，當我們探頭窺看孩子的房間，仍會從他們上下起伏的胸口得到慰藉。我們可能會沉浸於他們說雙關笑話的影片中。我們疲憊受挫，卻仍深深著迷於這些我們自己創造出來的小人兒。

關於那些令人火大的時刻呢？我們不會寫下來。不會有臉書照片跳出來，提醒你那些孩子往相框附近丟彈力球，讓你大吼大叫的時刻。我們的大腦比我們的心仁慈，會隨著時間淡忘這些記憶。當我寫到這裡時，那失敗的一天已經是一年前的事，而我早已忘記讓它如此糟糕的原因。還有那張寫給亨利的失敗感謝卡？我到處翻找，想要逐字引用內容，但它不見了。這或許是最好的結果，記憶的遺失是讓歲月變得短暫的部分原因。

時光流逝，我們牢記的是孩子可愛的表情——查理會在疑惑時皺鼻子；亨利會在吃到美味的餐點時搖晃肩膀。我們記得孩子口中甜蜜有趣的話語，因為這會成為家中的笑話，或是被我們收錄在家庭影片或寶寶成長紀錄裡。

隔天，在第二次嘗試寫感謝卡給孩子之前，我打開手機裡名為「查理和亨利的名言」的備忘錄，重溫自己這幾週匆匆記下的有趣對話。

♥ 我說：「噢，你們真是太可愛了，我愛你們愛到自己都要生氣了！」而亨利回答：「不要生氣，媽咪，感恩有我們在這裡就好。」

♥ 亨利正在試著用剛學會的單字。「媽咪，妳滿足嗎？我的意思是，妳是不是擁有妳需要的東西？」

我的確擁有。母親身分不再是虛幻的理論，我對孩子的深沉愛意也不是。所有父母都會學到，孩子們的每個階段都只是暫時的，不管是棘手或可愛的時候。在我寫下這些文字的當下，三歲的查理快把我們逼瘋了——不斷發脾氣，在我離開房間去沖澡時嚎啕大哭，把哥哥咬到破皮。沒關係，我們不用每一週、每一天或每一刻都保持感激。

唯一不變的是我對亨利和查理的愛，就像南西．蒂爾曼在我已念過數千次的繪本中所寫的，它「很高、很深、很廣，它永遠都在那兒，你睡著時也一樣」。

「謝謝你完整了我們的家。」我寫給查理：「一歲又九個月大的你真是一個可愛甜蜜的小寶寶，你喜歡哥哥和每個家人，所有東西都學得又快又好（不管是堆積木或數到十）。我們全都好愛你。」

「謝謝你。」我寫給亨利：「你在五年前讓我成為媽咪，改變了我的人生。你是個好奇、有創意、親切又富有同理心的小大人，我真是以你為傲。很榮幸能見證你從跟在我屁股後的小雞，變成現在這個複雜的神奇小男孩。我愛你。」

那天晚上的就寢時間，亨利放棄了電視節目，幫我哄查理睡覺。我坐在兩個男孩中間，讓他們窩在我懷裡。亨利幫我唱了〈在我的生命中〉，我們在黑暗中的聲音不是很和諧，但他還記得歌詞。我們接著唱了那首，自從把**查理**帶回家後，對著這張有酒窩的圓潤臉蛋的孩子，我總是會唱起的蒂朵歌曲：「我要謝謝你給我人生中最美好的日子，而且，哦，光是和你在一起，就是我人生最美好的日子。」

16 羅菲，即羅菲・卡沃肯（Raffi Cavoukian），加拿大知名兒歌創作者。

17 羅傑斯先生，即弗雷德・羅傑斯（Fred Rogers），美國熱門兒童節目《羅傑斯先生的鄰居們》（Mister Rogers' Neighborhood）主持人，第一集於一九六八年首播。

18 村莊，出自非洲諺語「養育一個孩子需舉全村之力。」

19 拉基德・安（Raggedy Ann），由繪本作者強尼・格魯勒（Johnny Gruelle）創造的角色，以一頭毛線紅髮和三角形的鼻子為特徵。

20 逾越節晚餐（Passover seder），猶太教儀式，家庭成員會在逾越節的第一天晚上聚在一起用餐，分享各種食物以紀念出埃及的故事。

21 作者稱呼他老公為傑克（Jake），Jake 是雅各（Jacob）的暱稱。

如何教導孩子學會感恩

1. **指出當下正在發生的好事。**可能是你們品嘗的美食、你們的旅行，或是你們現在住的房子。

2. **說明是誰促成這些好事。**往往會有很多人參與其中——以旅行為例，有存錢付旅費的爺爺奶奶，還有開飛機的人。

3. **鼓勵孩子感謝這些人。**用卡片或口頭感謝都可以。可以幫助孩子使用具體的語句，指出感謝對象是如何幫忙，以及有哪些付出。說出感受的影響力很大——可以問孩子，這個舉手之勞（或菜色，或旅行）讓你有什麼感覺？

4. **建立感激的榜樣。**當你將表達感激融入成為日常生活中的一部分，就是在向孩子展現出如何以感激的態度思考和行動。記住，你的孩子就像一個小小跟蹤狂，隨時都在看著你。

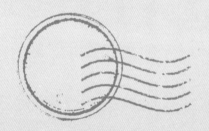

第五章

寫卡片給醫護工作者 生命值得感謝

| May：健康 |

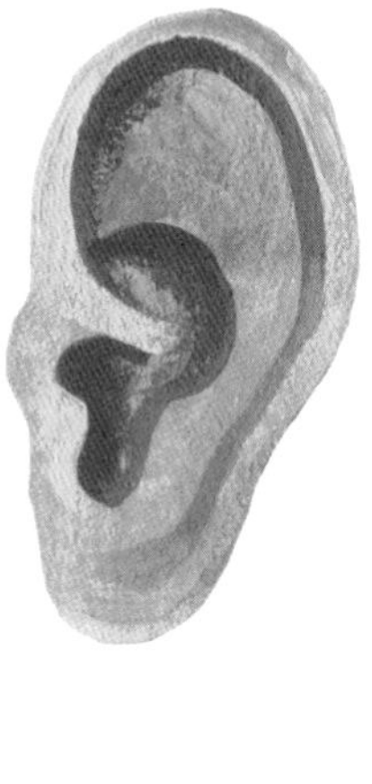

寶貴一課：感謝醫治者具有心靈療效──對你和對他們都是。

好處：表達感激有助於提升身心健康。

驚喜：養成感謝的習慣，了解到生命值得我們感激。

之所以會對能在哺乳椅上唱〈在我的生命中〉給小亨利聽如此感激，是有理由的：我曾經以為這是不可能的事。還記得我寫給亨利的信嗎？我寫到他出生的那一天，最後以我和傑克在醫院病房為他唱〈生日快樂〉作結。事實上，這封信還沒結束，以下是後文：

關於接下來六天的日子，我不想多說，只能說週六晚上我發高燒到攝氏三十九點五度，是因為A型鏈球菌感染，而且情況逐漸變得糟糕。週一晚上，我必須住進加護病房，有三天沒辦法餵你喝母奶，甚至有兩天見不到你——對我來說真是致命的一擊。你爸爸束手無策，他需要照顧我，但我們兩人都只想和你在一起。你的奶奶在那一週簡直是大救星，她取消了所有與患者的約，過來幫忙。她送來午餐和點心，以及各式各樣我請她帶來的盥洗用品。關於那段日子就不贅述了，重點在於，我一度了解到事態會變得很嚴重。那一刻我想了些什麼？第一個念頭，是你的爸爸給了我十三年的快樂時光。我想到我們的婚禮，還有我們在巴黎和峇里島共度的假期，但我也想到和他在家裡度過的每個夜晚——我們在沙發上有多快樂，他為我播放音樂，我們看著電視，說說笑笑依偎彼此。接下來，我想到的是你，我生下了你，完美的你，我為此深感驕傲。幸好，週五我們出院返家，總算放下心中的大石。那一整週，我都夢想著要帶你到你的房間，坐在椅子上抱著你輕輕搖晃。這個夢想終於實現了。

當意識到自己死亡的可能性，發現死亡近在眼前，開始浮現一些老套的念頭——窗外的烏雲可能是我最後見到的畫面；扎人的被單可能是我最後感覺到的事物——我終於了解到死亡的必然性，感覺到內心像是有什麼東西被撬開。我認為這個感恩年挑戰的契機就是來自於當時的經驗。我想要以溫柔的手，緊緊掌握我的生命，以及當中的每一個人。

這個五月讓我有機會可以回顧過往，想起那些才華洋溢的醫師、護理師、陪產員、物理治療師是如何為我的家庭帶來重大影響，並感謝他們。我在醫護人員的感謝清單上方寫下：「超乎職責的貼心照護」。

感謝醫治者具有心靈療效——對你和對他們都是

我的第一次生產經驗，說得委婉一些，是個留下許多創傷的過程。不過護理師們都非常了不起。我在出院一、兩週後，送給他們一張感謝卡及一籃點心。

第二次懷孕時，我找了一間位於上東區的新診所，它一開始就讓我很有好感。走進候診處，迎接我的是我第一任老闆的面孔——被裱框掛在牆壁上。前老闆莉莎．柯根曾在《歐普拉雜誌》專欄中寫過這支為她接生的團隊。我走近閱讀上面的文字：「我想要在此分享，我對這些醫療奇蹟工作者源源不絕的敬愛」。這聽來是個好預兆。接下來幾週，我和傑克與診所的兩位醫師，麥可．席弗斯坦和納森．福克斯碰面，兩人都以同理的態度，耐心回答我們的問題。

在診間感到舒適是件好事，因為很快地，我就不得不衝過櫃臺，跑進洗手間，因為心中的深刻痛苦而彎下腰。席弗斯坦醫師陪著我度過接下來的幾個小時，讓我感覺自己不是病人，而是要克服創傷的人。我對他寫道：「非常感謝你在我人生中最困難的日子裡，所展現的專業知識及同情心。兩年前的流產痛苦萬分，鮮血淋漓，十分可怕——但你出色地處理了一切，讓我感到安全，也鎮靜許多（並非易事）。你是位了不起的醫師，也是個了不起的人。」

接著是福克斯醫師，他在十個月後替我接生了查理。近四年來，我累積了無數的健康恐慌及問題——從不孕、妊娠糖尿病、可能致命的感染到流產——但他的出生是如此順利，讓我印象深刻。當然，還是很痛——不過是經過無痛分娩緩和的那種，我第一次生產時並未選擇這個神奇的醫療程序。我寫給福克斯醫師的話：「我當時覺得自己是被一雙非常有能力及同情心的手所照顧著，儘管那次分娩（我的第二次）極為疼痛，但回想那次經驗，腦海中大多是我先生的愛意和你愉快正面的能量。在這份工作上，你天賦異稟。」

他留了一通語音訊息謝謝我，表示很高興收到感謝卡，並希望「未來能和你們一起參與更多美妙的活動」。他的語氣溫暖歡快。我想著他成為醫師經歷了多少——從熬夜學習到令人精疲力竭的住院醫生生活，還有清晨的急診呼叫。這種奉獻精神不是為了金錢，想要維生的話，有遠比當醫生更容易的方式。他和他的同事及其他醫護人員投入這麼多時間，才得以沉穩、自信地引導我們走過人生中最好和最壞的時刻。如同卡片上寫的，我們脆弱的身體真的「在他們的雙手之中」，如果這雙手既有能力又溫柔，就能讓一切變得不同。

亨利十四個月大時，他接受手術移除腺樣體並置放耳管。傑伊．多利斯基醫師以高超技巧進行了手術，此後也一直是位無微不至的優秀耳鼻喉科醫師。我寫下：「我最近一直在回想亨利的經驗——從經常鼻塞、聽力受損，到現在是個健康成長的孩子。第一次看診時，我們就覺得亨利是交付給一雙優秀的手，後來也證明這是對的，而且遠遠不止於此。感謝你，也謝謝你讓亨利感覺好多了。」

在多利斯基醫師回覆我的語音訊息中，他表示「很高興能照護亨利，並親眼看到他成長茁壯」。

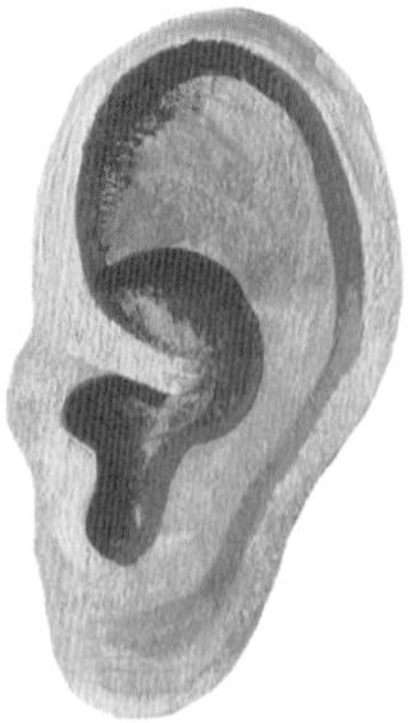

我寫了一張又一張卡片，平均一張只花了四分鐘，但我全神貫注地投入其中，真誠的感謝卡似乎對這些醫師有特別的意義。寫這些卡片沒有規則限制，真要說，遲來的感謝卡意義**更大**，因為這代表你沒有忘記對方在重大時刻的付出。隨著歲月流逝，那些成功保留下來的記憶顯得更為珍貴。

我永遠不會忘記十年前拯救我爸爸性命的兩位心臟科醫師。我對他們寫道：「非常感謝你們的照護，那一週剛開始時真的令人非常害怕，但一抵達希德西奈醫學中心，和你們見面後，我們全都鬆了一口氣。感謝你們在那一週，以及隨後好幾年都讓我爸爸得到良好的照護。」

我也謝謝了爸爸的伴侶，感謝她「那天在卡塔利納的沉著冷靜。妳的果決及堅定拯救了爸爸一命」。而我對爸爸，只寫下：「距離你在希德西奈的日子已經一年了，回想起那一週——我發現這是我人生中最可怕的事情之一（或是沒有之一？）。謝謝你還在我們身邊。我愛你。」

他留下語音訊息給我：「吉娜，我收到了妳的卡片。親愛的，非常感謝妳，還能陪伴我的孩子們的感覺真好，真的。這比妳想像中來得意義重大。」

我寫給爸爸的這張感謝卡只有三句話，其中一句甚至只有三個字，這些訊息草草寫在4×6英吋的萊姆色索引卡上。但對我們兩人來說，這是一種簡單又不花錢的療癒儀式。

我在這個月感謝了十二名健康照護人員，其他十八張卡片的對象則包含鄰居（一位熱心的魚販和一位向來記得我名字的乾洗店老闆）、朋友（包括莎曼，她從倫敦回來，招待我一頓昂貴的晚餐），以及育兒幫手（亨利兩名傑出的幼稚園老師）。我知道未來必定會有感謝更多醫療工作者的機會，但當時我還不知道，兩年內，一場疫情籠罩全球，而感謝醫護人員成了一座城市共同在夜間進行的真誠活動。

表達感激有助於提升身心健康

向曾經治療我爸爸、我兒子和我自己的對象表達感激時，我發覺自己的內心出現了變化，原先的煩躁疲憊逐漸被平靜專注所取代，進入一種近乎冥想的狀態，持續一整天。經過整個感恩年後，這已經是我很熟悉的感覺了。而這種現象是否能從生理學的角度解釋呢？書寫感謝卡是否能達成和冥想一樣的效果，實際改善心理健康？

我請教了冥想專家柯瑞．艾倫，他同時也是《現在就啟程：接觸現代正念的非傳統方式》的作者。

「我認為妳感覺到的就是**當下**。」艾倫說：「妳擺脫了居住在現代世界所造成的分心和碎片化思考。當妳一邊滑著手機，一邊要吃晚餐，同時還開著電視，會讓想法無法連貫、漫無焦點，最後意識就失了根。妳的知覺開始模糊，因為被來自不同方向的事物拉扯。冥想的一大好處在於能創造並培養許多內在空間。給予妳一種感官能力，可以察覺到進入心靈和身體的思想和感受。」

「因此，在寫感謝卡的過程中，妳抓住了正面的情緒，讓焦點更精確。」他繼續說：「而且，妳重複做著同一件事，這和念咒有點像。在冥想中，我們認為念咒——重複念誦一個句子，甚至是一種聲音——對於大腦的作用，就像擋風玻璃上的雨刷，可以將各種想法、聲音和情景從大腦中刷掉，不再糾結。這過程和自我催眠相差無幾。重複同樣的作業，不斷書寫卡片，就像用身體誦咒一樣——這在佛教中十分常見。舉例來說，僧侶會一起用彩沙製作巨大曼陀羅。」

「跟玫瑰念珠很像。」我指出，想到姨婆蘿絲（恰如其分的名字[22]）隨時帶著念珠在

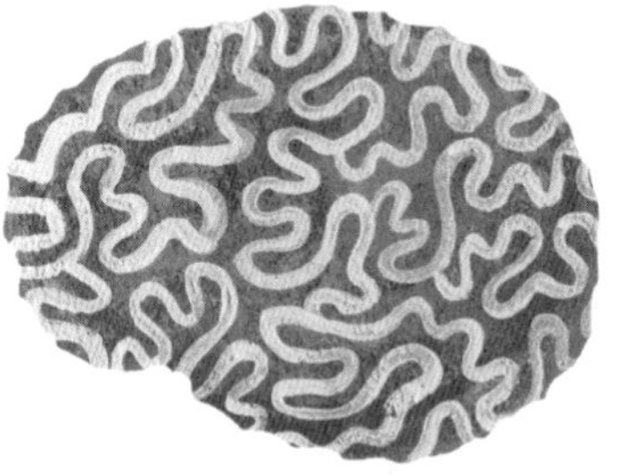

身上。艾倫認同我的看法。為了讓感謝卡寫起來更容易，我建立了內容模板，這是我不經意實行的念咒行為。在寫給醫治我爸爸的對象時，每一張卡片的開頭都是「那件事距離現在已經將近十年……」根據艾倫的說法，彷彿雨刷般的簡單句子可以讓我的心靈更敏銳，讓回憶和更有意義的訊息得以在腦海中流動。

我請教艾倫，書寫和感激，各自能為我帶來多少整理內心的好處。如果我只是和感激的想法共處，或是寫一封無關感激的信，是否會有相同的效果？「我想，獨立看待這兩件事不是一個聰明的做法。」他說：「它們共同創造的成果比各自分開來得好。書寫有益，可以作為一種冥想。感激則可以喚起心中感覺的情緒體現，這也很有幫助。兩者結合在一起，就能連結情緒感覺和知性感覺，創造全新的結果。」

「妳知道靈心和猴心嗎？」他問。我不知道，他勾起了我的興趣。「猴心是佛教用語，指的是狂亂、失控、混亂、迷途的心靈。思緒四散，就像樹上的小猴子。」我拚命點頭，心想他是否從我的聲音中，感受到我如猴子般忙亂的心靈。「靈心指的是直覺、富同情心的心靈，它的思考和善、溫暖，連結了所有生命。」

「讓兩種心靈和諧共鳴是冥想的一種目的。在寫這些卡片時，妳偶然找到了連結靈心和猴心的方法，讓妳的情緒和知覺取得平衡，接著透過寫卡片這件事的重複動作，進入沉靜的出神狀態。」

「所以，結合這一切，我完全不意外妳最後發現自己更能覺察、更不焦慮，更深植於感激及過往經驗體現出的感覺。」

他切中了重點，說出我第一次搭火車時一直湧現的感受。

感激的行為能改善健康。根據世界頂尖的正向心理學暨感激專家羅伯特．埃蒙斯及麥可．麥卡洛的研究，有寫感恩日記習慣的人更常運動，更少出現不適症狀，生病時的康復速度也比較快。他們還發現，經常覺得感激的人睡得更久。

藉由寫這些卡片，建立積極的感激習慣——我逐漸意識到，這個習慣不會只維持一年——我開始以一種冥想方式連結我的靈心和猴心，並在過程中改善健康。

養成感謝的習慣，了解到生命值得我們感激

聽起來或許有點病態，但在感恩年期間，我思考了許多關於死亡的事。對我來說，寫一張真誠的感謝卡給別人，也是一種生命有限的提醒——不管是我的還是對方的。

把卡片投進郵筒之前，我有時會想像幾十年後，在我死去很久以後，有人會在盒子裡或書頁間找到這張已經變得破舊不堪的卡片。他們對我、對收件者會有什麼看法？這張卡片會呈現出我的哪些特質？會留下什麼樣的感情？這張卡片是否傳達了有趣或嶄新的概念，或只是一張誠實親切的卡片呢？

我們珍惜已故親戚寄來的生日或節日賀卡，因為這些遺留的紀念物可以描繪他們生前的樣子。我的祖母畢弗莉寄來以打字機印出的卡片，上面寫著她為了祖父學來的波蘭餃子食譜，我的祖父熱愛這些俄亥俄式的東歐餐點。她全心為祖父奉獻，能好好餵飽他的胃讓她快樂。她也是個八面玲瓏的社交花蝴蝶，這點可以從卡片上的近況窺見：「我的生日派對很成功，有三十五位賓客……其中包括一位法官，兩名醫師和許多親朋好友。」

當神經學家暨作家奧立佛．薩克斯臨近死亡時，他坐下來寫下最後的想法，隨後收錄在名為《感激》的散文集裡。「我無法假裝我不恐懼。」他寫道：「但我最強烈的想法是感激……我和這世界進行了一場交流，還以作者的身分和讀者有了特別的交流。最重要的是，我在這美麗的星球上，作為一個具有感知力的存在，一隻會思考的動物，這件事本身就是一種巨大的殊榮和奇遇。」

在辭世之後，他美麗的文字依舊存在。這是創作藝術最原始的目的：被記住就是一種永生不死。退一萬步來說，信件也是一樣。我開始思索，這平凡無奇的體裁是否比偉大的美國小說更為重要？要是感謝卡在其創造的世界中，擁有比暢銷書更能長存的力量呢？書可能會絕版，或是被扔掉，許多卡片也是。但是難忘的卡片、述說衷心事實的卡片，儘管微小，都可能會留在記憶的百寶箱中，等著被未來的世代發現。

臨終前的悔恨大多是來不及做或沒有說出口的事。感恩年挑戰是我說出一切的方法，我用這些卡片留下了自己在世上的蹤跡。

儘管寫感謝卡的規則無限，時間卻有限。我和友人約翰已有三、四年不見，我一直惦記著他，打算在七月的食物月分時寫給他。但是，他在四月去世了。

我是在擔任《歐普拉雜誌》的編輯助理時，認識約翰及他太太的。我立志要在美食雜誌工作——我的夢幻職業是《美食與醇酒》的旅遊編輯——所以我報名了義大利葡萄酒課程，希望可以藉此了解巴羅洛（Barolo）和巴巴瑞斯科（Barbaresco）兩支酒款的不同，並從中認識志同道合的朋友。只是我卻沒想過，這樣的朋友會是一對來自紐澤西的六十多歲夫婦。

約翰應該是全班最高的人，也往往是最慷慨大方的一位。他曾向我分享，他小時候希望長大可以當聖誕老人。他的四個女兒都長大了，也因為他是精算師，賺了不少錢，於是開車來曼哈頓招待朋友吃豪華大餐，便成了一大樂趣，使得當時二十三歲的我，能在紐約市最為奢華的幾家餐廳用餐。約翰也是絕佳的傾聽者，每次離開餐廳時，我都覺得自己不只是吃得好，也被照顧得好。

我來不及寫卡片給約翰了，於是改寫給他的孀妻瑪麗：「我常常想起妳和約翰，想起我們在貝可餐廳被安排在同一張桌子那天，真是我的幸運日。我非常珍惜那些奢華美妙晚餐的回憶，對一個二十多歲、收入非常有限的美食愛好者來說，簡直是不可思議的特別招待！尤其是在巴柏、小巨人及丹尼爾餐廳的幾次有趣晚宴——那還是第一次有服務生給我的包包一個專屬的小凳子，哈！我欣賞約翰總會點粉紅香檳當餐前酒，認為這真是個充滿節慶氣氛的歡樂傳統，至今我也保留著這個習慣。非常感激你們兩人帶我品嘗這些豪華晚餐，也感謝與你們的這段友誼。我很想念約翰，送上許多的愛意和感激。」

幾個月後，瑪麗跟我聯絡：「我一直想著要寫信給妳，告訴妳我有多愛妳寄給我的感謝卡（我也跟家人分享這張卡片，不管是對我，還是對他們來說，這張卡片都有重大的意義）。妳提到我們第一次見面的場景，以及它對妳的意義……我不禁微笑、落淚、緬懷過往——使我的思緒奔騰！收到妳寄來的感謝卡，真讓人欣喜——也為我的靈魂帶來快樂。」

我發現弔唁卡的作用和感謝卡類似，概念上，它們都分享了回憶的片段，讓人了解逝者。這是獻給逝者的最後一張感謝卡，也寄給他們的摯愛。

湯姆．基雷拉在《君子雜誌》一篇名為〈如何撰寫悼詞〉的文章中寫道：「悼詞最重要的是，簡潔且優雅地尋求小小的真實。」他的建議對於慰問卡，以及意義重大的感謝卡也同樣適用。

對瑪麗來說，約翰過世後的一年比最初的幾個月還要難熬。她寫信給我，想知道如果她要進行自己的感激之旅，我有什麼實用的建議。「妳是拿出妳的旋轉名片架，然後從A開始一直寫到Z，還是按照日期排序，根據對方進入妳人生的時間開始寫？我真心想要做這件事，因為妳的感謝卡帶來很大的衝擊，深深感動了我。」

我分享了我的建議和訣竅，有點像是這本書的CliffsNotes[23]，並表示願意隨時提供協助。對她來說，要找出約翰的「小小真實」不會太困難。或許，寫下它們並和深愛約翰的人分享，感謝他們一起分享這份愛，能夠幫助她消化悲傷。

然後，這些感謝卡就會在世界一隅流轉，等著被未來的讀者發掘，啟發他們款待朋友一頓大餐，就從餐前酒的粉紅香檳作為開端。

22 作者姨婆的名字是Rosie，而念珠的英文是rosary。

23 CliffsNotes是美國的一種學生學習指南，為文學作品提供基本分析和摘要，作為學習輔助。

如何找到並感謝醫護工作者

1. **回想關鍵的健康時刻。**一開始，可以先檢視自己的身體，回想它曾經遭受什麼病痛；然後思考家人是否曾面臨相同的時刻。

2. **找出表現超乎預期的醫療人員。**可能是醫師、護理師、陪產員、精神科醫師或物理治療師，他們的工作表現傑出，也把你當成一個有血有肉的人，而不只是單純的病人。

3. **回想曾給予你情緒支持的人。**格外支持你的家族成員和朋友也可以是本月的感謝對象。

4. **建立開場白的模板。**如果是屬於同一個健康危機，卻有很多位對象等著你感謝，可以為這些卡片建立同樣的開場白。這不只會讓你寫起來更輕鬆，也可以作為一種冥想式的念咒行為，澄淨心靈，協助你專注在特定的回憶上。

5. **寫下發自內心的真誠文字。**回想對方在你的健康危機中所扮演的角色——描述他們在照護你時說過或做過的具體行為，以及這讓你有什麼感受。

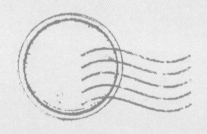

第六章

一個月不寫感謝卡
教會我什麼

| June：家 |

驚喜：接納不完美是達成目標的關鍵。

寶貴一課：社群媒體是低劣的社交連結替代品。

好處：持續練習讓你更容易察覺感激之情。

六月了，此時此刻的我相當有信心。表達謝意的一年已經完成將近一半，我開始找到節奏，覺得這個為自己設定的宏大目標真的有完成的可能。

但其中有個小問題：我在「棉鈴與枝葉」家居用品店的工作最近剛結束，這表示不會再有紐澤西通勤火車上的安靜時光。我現在會沿著布魯克林水岸徒步三十分鐘，來到丹波，前往今年稍早加入的共享辦公室。上班時間大多用於招徠潛在的新客戶，撰寫關於窗戶、瓶裝沙拉醬或法式優格的品牌內容。最後的健康感謝卡，為策畫文案的工作提供了一點喘息空間，我滿心期待能開始六月的卡片。育兒和健康是認真嚴肅的主題，相較之下，家看來比較輕鬆有趣。

關於我家，我最愛的是什麼？坐在可以遠眺布魯克林大橋的座位上，我這樣問自己，以作為找到靈感的第一次嘗試。我閉上眼睛回答：「裡面的人。」我翻了個白眼，氣惱自己的過分誠實。傑克、亨利和查理已經收過感謝卡，而且未來還有一個家人月分在等著我完成。

於是換了個問題：**如果我搬家，我最想念的是什麼？**簡單，住在馬車房[24]裡的鄰居們。我們家有著古

怪奇特的結構。走出前門，經過烤肉架與煙燻烤爐，會看到一扇通往隔壁建築單車停放處的閘門。穿過這裡，便會抵達馬車房——一排四小幢的連棟房屋，每戶都有兩個孩子。週末時，我們會打開連通的閘門，讓孩子們跑來跑去，借用彼此的單車或是足球。並且，一年會舉辦幾次自備材料的戶外烤肉，還有一個訊息群組，可以在這裡向彼此借用備用鑰匙、WD-40防鏽潤滑劑，或提供手作的餅乾和棉花糖。他們棒透了。

但我已經在鄰居月分寫給其中一些人了。

不然，這樣如何：**曾經協助改善我的房子或其中事物的人？**哦，太好了！我找到了！我抽出一張便箋卡。「親愛的理察：」接著寫道：「感謝你出色地修復了我們的網路，你的表現出類拔萃。我從來沒有想過自己會寫感謝卡給有線寬頻的員工——但你從一開始就能迅速掌握我們的需求。不僅修好了網路，讓我們家更安全，還提醒漏水的隱憂（我們正在處理這個問題）。也謝謝你馬上就說要賠償摔破的陶盆，真是難能可貴！」

理察的確難能可貴，我很高興能讓他知道這件事。

還有工友托瑪斯，在我們準備出售舊公寓時，是他完成了公寓周遭的工程。之後搬到新家時，他又幫忙安裝燈具、重新粉刷窗臺。但我已經在三月寫過感謝卡給他，因為之前打電話問他是否有空幫忙重漆一間臥房時，他向我透露準備退休，搬去哥倫比亞的消息。我立刻寫了卡片寄給他：「我們知道你以自己的工作為傲，同時還是一個很好相處的人。我們會想念你的！（尤其是你「最好的朋友」亨利！）」

然後是我們的家務助理安琪拉，十多年來，她每一兩週都會來家中一次，把屋內空間打理得乾淨溜溜，還會帶上牙買加風味魚，收服了孩子們的胃。（我知道能請人打掃家裡是個特權。將聘請安琪拉這件事納入生活開銷，節省的工作量難以估計，還防止了數不清的夫妻爭吵，我寧願放棄假期和高級餐廳，也不願放棄她優異的服務。）但在四月時，我也寫了一張與主題無關的感謝卡給她：「謝謝妳在那嚇人的一氧化碳外洩日給了我們很大的協助和支援——也謝謝妳始終如一的慷慨助人。還要感謝妳帶來美味的魚料理，我們都很愛。妳是最棒的，真的非常感謝妳！」

那是一次開車去紐澤西的途中，安琪拉打電話來，聲音聽起來有些心煩意亂，卻仍維持鎮定，她說：「有輛消防車停在妳們家前面，他們想要進屋。」才發現，是家中的一氧化碳警報器響了，驚動了消防局，安琪拉抵達時，消防隊正準備破門而入。幸好那一天有她在，當傑克在和公家單位打交道時，她還開車去接亨利下課。一氧化碳外洩有致命的危險，感謝警報系統，以及安琪拉在內的許多人，大家都安然無恙。

說到家，這才是真正重要的，對吧？

接納不完美是達成目標的關鍵

結論是，這三名改善我家的狀況，既不是家人也非鄰居的對象中，有兩人已經收過我的感謝卡。

我還是想要解決問題，於是又試了一次——**我還愛我家的什麼？**內嵌式書架、小孩房裡的黑白海浪壁紙。我甚至大膽地考慮找到建造書架的木工和壁紙的設計師，最後，我決定做出更可怕的事，也就是放棄這個月的目標。

如果我是雜誌主編，看到雜誌的主題不佳，就會這麼做。在《歐普拉雜誌》，每期都有一個貫穿整本雜誌的主題——媽媽、嫉妒、激情、老化等等。偶爾會有主編群覺得提出的故事點子不夠精準，便會放棄這個主題。

要是我持續執著於這個難題，拚命要找到靈感來啟動這個月的感謝卡，那麼，整個感恩年挑戰就會萎靡不振。落後一個月會變成兩個月，然後是三個月，不用多久，我就會變成在六個月內寫了一百五十二張感謝卡的女人，聽起來就沒什麼了不起。

一年多後，在三百六十五張感謝卡已經完成的現在，我發現自己還在想著要怎麼解決這個難題。我寫下這個已經太遲、不知為何還要嘗試的靈感：**找出家中你最愛的三十件物品，感謝它們的製造者或是送給你的人。例如：媽媽的舊手鍊、布麗琪在綠點社區找到的梳妝檯、傑克從路易斯安那現代藝術博物館帶回來的海報。**

聽著，如果你覺得以家作為月分主題是個好點子，我提出來的辦法也不是不能嘗試。你喜歡的物品只是一件物品，它需要代表某個對象或一段故事，才能寫出有意義的感謝卡。

或是，如果你有獨到的品味，是自己設計房子，可能就會有一整份要感謝的承包商和工匠清單，而且**哦，老天，我還在執著這個問題！**

放棄（顯然）違背我頑固的天性，但這個挑戰已經教會我接納不完美。不管處於哪個人生階段，一年寫三百六十五張感謝卡都是個艱鉅的任務。但在當時，有兩個小小孩，以及一份不投入就完蛋的工作，我只能避開每個耗時或花錢的障礙，繼續努力。

我應該揮霍漂亮的便箋卡嗎？我喜愛凸版印刷的精緻厚卡片，但那些一張五美元的價格累積起來也是一筆不小的數目。經過標價震撼的第一個月，我在平價百貨買到了色彩鮮豔、一組一百張的實用便箋卡及信封。

我應該在寫卡片前先打草稿嗎？不，多餘的步驟則會浪費陷在胡同裡的時間。如果寫錯，就塗掉。如果離題，就想辦法回到重點。

我應該盡可能寫得工整一點嗎？或許應該，但我沒有。我隨著湧現的想法提筆疾書，盡量讓筆跡清楚易懂。

我應該寫下這個人對我來說意義深刻的每件事嗎？不，我的感謝卡以簡短為目標，直奔重點。（如果有具體的重點最好。）

我應該讓每張卡片都文筆優美嗎？不需要太多修辭，最好專注在感恩對象上，並寫下衷心的感想。

最大的難關之一是，我時常被死線追著跑。截止日和事前規劃能幫助我跟上進度，但是**草擬**這些謝箋時總會落後一、兩週（甚至更多）；寫好地址和郵寄可能要再花幾週。我必須提醒自己，這些截止日是自己設定的，都是編造出來的，藉以減輕心中的罪惡感。想要持續前進，我必須安於落後的狀態。

以家為主題的月分行不通，這是最後一個我必須清除的障礙。然而，放棄就代表我在年底前有一批主題待定的額外謝箋得完成，才能達成三百六十五張的目標，不如就之後再擔心吧。

社群媒體是低劣的社交連結替代品

做出這個決定的那幾週，我不再需要隨身帶著一疊等待空閒時間完成的卡片。就像舊癮復發的人一樣，我開始更常拿起手機。年初，我發現自己在紐澤西通勤火車上漫無目的滑著手機，彷彿陷入恍惚狀態。這一次，我竟然能夠意識到這件事，也發現這讓我感到煩躁、疏離及分神。然而，即使注意到這個現象，卻還是無法戒除滑手機的習慣。

不知道是不是只有我這樣，曾聽有人說，社群媒體會讓大腦出現如藥物成癮般的反應。研究社群媒體對大腦有什麼影響的神經科學家指出，以賭場的吃角子老虎機比喻社群媒體或許更為貼切。

當社群媒體跳出通知時，大腦的獎勵系統就會釋放多巴胺，這是一種讓人感覺到快樂的化學物質。會刺激大腦釋放多巴胺的，還包括運動、性愛、美食、毒品、愛情，以及正向的社交互動——這就是社群媒體的把戲，螢幕中的笑臉、同儕的認同，還有摯愛傳來的訊息都屬於這個類別。

即使預期將有多巴胺到來時，這種機制也會有反應。當它真的來臨——看到社群媒體上胖嘟嘟的嬰兒照片，讓獎勵系統受到刺激時——這種關聯會讓反應強度上升，加強神經元之間經常使用的連結。大腦喜歡這感覺，覺得愈來愈愉快，於是想要獲得更多……，出現了，這就是成癮。

更糟的是，大腦有一種稱為「酬賞預測誤差編碼」的小問題，這意思是，當多巴胺隨機釋放時，大腦更容易對多巴胺獎勵成癮。賭場老闆對此有很深的了解。玩吃角子老虎時，看到輪盤轉動，我們就會有種強烈的預期，在拉下槓桿到結果出現的期間，成了多巴胺神經元增加活躍度的時刻。遊戲本身創造了一種獎勵感覺。

如果我們認為獎勵會隨機傳送，而且確認獎勵是否出現也不需花費太多力氣，就會養成定期確認的習慣。社群媒體的資訊曾經是以時間先後順序更新，但演算法出現後，更像是一種吃角子老虎般的隨機獎勵模式。使用者被鼓勵花更多時間在社群媒體上，接著大腦的機制就會重塑，追求得到更多的按讚數及留言、更多笑臉和會心一笑的新聞。長期使用社群媒體會實際改變大腦的化學物質。基本上，我們全都坐在家中，盯著迷你的吃角子老虎機，獲得無限供應的社群刺激，作用如同多巴胺，也難怪我們會難以擺脫這個習慣。

在臉書負責用戶增長的前副總裁查馬斯．帕利哈皮提亞曾以「金錢作為社會變革的工具」為題，在史丹佛商學研究所演講。有學生問到他在消費者行為上所扮演的角色。「我感到無比愧疚。」他回答：「我們創造了短暫、受多巴胺驅使的回饋循環，而它正在摧毀這個社會的運作方式。」

打開天窗說亮話。

聽著，吃角子老虎很有趣！誰不愛賭博帶來的刺激呢？誰不喜歡毛絨絨的狗狗照片呢？我不是要各位刪除手機裡的應用程式。當我們在新冠疫情封城期間困在家裡時，這些多巴胺刺激可說是救命繩索，有時甚至不止於此。華麗絢爛的舞蹈表演、令人捧腹的喜劇脫口秀——我們的手機每天都帶來偉大藝術和歸屬感。但就跟其他帶來多巴胺的事物一樣，我希望能留意逐漸往數位產品成癮傾斜的道路。我只想以口袋裡總共二十美元的硬幣來玩吃角子老虎，當兩手空空，我就抽身離開。

在研究大腦本身會如何重塑，導致開始渴望更多笑臉、按讚數和奉承的留言時，我想起先前和冥想專家柯瑞．艾倫的對話，他曾解釋正向思考對重塑我們的大腦也有重要作用。

「培養心中的溫暖和愛意可以是一種積極主動的實踐。」他說：「你可以在靜坐冥想中，想到自己的孩子，感受隨之而來的溫暖。能與這種感覺共處，可以為情緒狀態帶來一大變革，因為神經可塑性是透過一般大腦狀態來改變。可塑性表示大腦可以被塑造、塑形。」

《人類大腦歷史》的作者布雷特．史戴特卡證實：「由於大腦有神經可塑性，因此和任何感覺共處，不管是正向、中立還是負面，都有可能重塑我們的神經連結。尤其愛和溫暖的感覺是透過大腦『獎勵』區域互相連結的細胞產生的，像是杏仁核、前額葉皮質、紋狀體，全都和來自下視丘、被稱為『擁抱荷爾蒙』的催產素共同作用。」

史戴特卡更進一步解釋：「思想透過軸突傳送神經信號，軸突是較長的細胞延伸，連接鄰近神經元被稱為樹突的較短延伸。軸突接觸樹突的地方稱為突觸，神經傳導物質在此釋放。」這就是思考運作的方式。由於我們的大腦在進化時會追求最高的效率，因此，每當我們出現慣性思考時，這些神經信號的傳遞路徑就會開始重組，減少大腦的負荷。

艾倫提出這個例子：「數學看起來很抽象，很有挑戰性。但如果每天進行一小時的紮實課程，突然間，你就可以輕鬆做數學了。同樣的觀念適用於我們的情緒狀態——像是樂觀主義和看待世界的方式。這些東西會根據我們的思考方式，重新組織並改變。如果把連接關注焦點、接納正向感覺，或想到孩子等行為當成實踐的一部分，就能開始重新訓練你在日常生活中醞釀並建立情緒反應的方式。你可以改變自己對這個世界的看法。」

社群媒體可以重塑大腦，但我的感謝卡也同樣可以。它們是小小的戰士，對抗現代社會常見的手機成癮症。

老實說，社群媒體是我們許多人消磨多數空閒時間的地方。我們的共同嗜好不是在讚賞其他人擁有的東西（Instagram），就是在發洩情緒（臉書和推特）。以感謝卡的形式表達感激是最佳的解方：將時間花在正向的事情上，向與我有關的事物、對象和回憶致敬。

我們無法放下手機是因為渴望得到陪伴，雖然社群媒體有趣，終究只是低劣的替代品。如果我們能留意自己渴望什麼，把一些滑手機的時間用來建立真實的連繫，就能得到滿足和平靜的獎勵，這就是一月時我第一次在紐澤西火車上感受到的那種感覺。不管是寫信給朋友、打電話給媽媽、和陌生人聊天，甚至是靜坐與自己對話，都是一種連結的形式。如果我們允許自身的想法成為陪伴，就會發現它們其實是非常優秀的夥伴。

持續練習讓你更容易察覺感激之情

當我放下手機——或是說試著放下（已是一大進步）——並放棄本月主題後，接近六月底時，我注意到一件事。我開始即時表達感謝，比過去更常將謝謝掛在嘴邊——這或許是我的大腦經過重塑，變得更懂得感激的證據。

在一個忙亂的上午，我急著抵達上城，趕上快要遲到的會議，卻在地鐵站才發現忘了帶皮夾，也等於是失去搭地鐵的能力。我打開手機使用 Lyft 叫車服務，也幸好我還記得可以這麼做。司機小邱察覺到我的焦慮，於是整段車程都在重新調整路線，不斷確認再確認。以前的我，只會在這三十分鐘內陷入對交通狀況的焦慮，但這次，我的注意力集中在努力協助我的司機身上。當我們穿過中央公園時，他的方法顯然奏效了：車程比原本預估的時間短了七分鐘，讓我及時抵達。除了向他表達感謝之外，我還告訴他上午的慘況——提到忘了帶皮夾以及這場會議的重要性。我跟他說，他很擅長這份工作，還給了他豐厚的小費，而我們之間的故事則是另一種有別於金錢的收穫，完全免費。「祝你有幸運的一天！」他在我身後大喊。

發現回家也必須揮霍昂貴的車資後，我傳了封簡訊給住在附近的婆婆盧。在我埋頭工作時，她留了一張二十美元的紙鈔在管理員山姆和安琪那裡。我去拿錢的時候，兩人都以大大的擁抱歡迎我。

對那天上午所有伸出援手的人，我心中有著滿滿謝意，也讓接下來的一天增添色彩，這一天既晴朗又愉快。當我回到家，接替保姆瓏達的工作後，我發現家裡變得一塵不染，便發簡訊向她道謝。坐在書桌前，我（第一千次）為朋友克蘿伊的美麗花朵畫作而驚嘆。我沒有任由這個想法被默默淡忘，而是傳了張照片給克蘿伊，告訴她這幅畫作是如何點亮這個空間。

我們心中全都有過這種一閃而逝的快樂及感激之情，有個簡單的方法可以延長它們：將這些心情分享給帶來這種感覺的人。這就是我正在做的訓練，當心中冒出感激或欣賞的想法，會學著記下它，並且採取行動。

我們都知道，世界充滿值得感激的小事，但是要意識到這些事則需要練習。吉米·法隆固定會在他的節目《A咖秀》及之前的《深夜秀》念出感恩小卡，這個環節已持續十年之久。「棉被，謝謝你成為由其他小毯子組成的大毯子。」、「『忘記密碼』的網頁按鈕，謝謝你成為我的密碼。」

我和電視製作人傑瑞米·布朗森討論過，就是他在十年前創造了這個持續至今的搞笑哏。在試著為吉米撰寫

常駐的段子時，他在超市看到新口味的健怡可樂。「我看著它。」他說：「然後想著，可以感謝有這罐健怡可樂的存在，然後讓它變得有趣一點。」

我好奇，戴上感謝的眼鏡看世界，會有什麼影響？「我會到處走動，多加留意，發掘一些值得致敬或感激的事。」他說：「尤其當你的工作需要每週寫一堆感謝卡。如果這可以讓大家更能意識到應該被感謝的人，我也不會意外。」

當你開始尋找等著被感謝的事物，就會發現它們到處都是。有些事可能微不足道，甚至有點荒謬——像是健怡可樂的新口味——但這些小事成為了一種小小的積累，進而塑造出一種感激的心境。

24 馬車房（Mews），一種英國房屋建築的名稱，附有馬廄和馬車房，一樓有一扇大門供馬車進出，二樓則為居住空間，是因應馬車的使用而出現的建築形式。

如何在當下察覺並表達感激之情

1. **抓住心裡的感激想法**。當迅速消逝的感激念頭出現時，請緊緊抓住它。你（有朝一日）可能會這麼想：**這位客服專員真的幫了我一個大忙**。（我說過，我是個樂觀主義者。）或是**昨晚的派對真棒**。

2. **在當下表達感激之意，說明你的感覺和稱讚**。對電話中的客服專員說：「謝謝你花時間協助我解決問題，我本來很怕撥出這通電話，但接電話的是你，讓我輕鬆許多，你非常稱職。」而對於派對主辦人，可以用簡訊或電話表達：「這場派對真棒，充滿令人愉快的賓客和食物。待在你家令我感到格外自在，你讓這一切看起來好輕鬆舒服。」

3. **採取更進一步的行動**。寫線上回饋或打給經理，可以讓你的感謝更有衝擊力。

4. **寫筆記**。記下這些積極感激的時刻，並觀察在經過實踐後，會帶來什麼影響。

5. **大膽挑戰**。如果有個膽怯的內在聲音阻止你表達心中的感激，試著安撫它。你感受到的尷尬只存在於腦海中——科學可以證實這件事（第七章）。

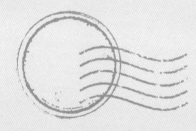

第七章

寫感謝卡給豐富你生活的人，重塑日常的喜悅

| July：食物 |

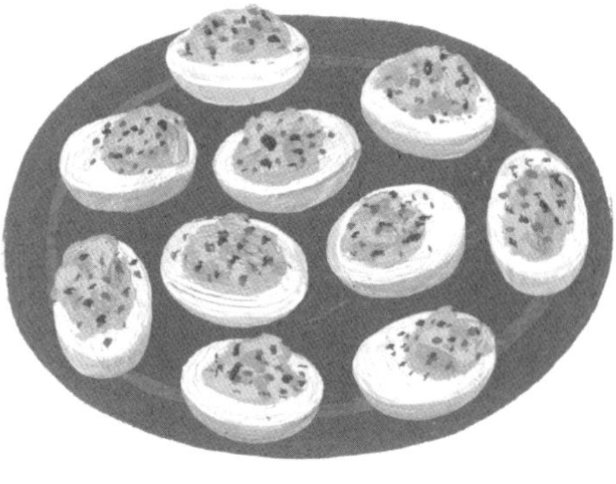

好處：表達感激之情，獲得慷慨回報。

驚喜：在大多數時間裡，人們都在生活中掙扎。

寶貴一課：心中的扭捏不安其實毫無根據。

還有一件事讓我下定決心拋棄苦苦掙扎的六月主題：因為已經等不及想開始七月的主題！

當我在一月絞盡腦汁擬定感恩年的月分主題時，最先想到的是鄰居、家人、朋友和人生導師等顯而易見的選擇。然後，一個格格不入的想法躍上心頭：食物！說實在的，那時候根本沒有認真想過這個月要怎麼實行。是要感謝食譜作者？美食作家？主廚？農夫？還是晚宴主辦者？但在當時，整個感恩年逐漸成形，我知道這不只是令人愉快的一年，還會趣味橫生。我對於撰寫食物相關的主題感到自在無比，畢竟這可是我以前的謀生之道。

在二〇〇〇年代早期，那是我第一次聽到foodie（美食家）這個名詞出現。**這真是個不幸的稱呼，**但我心想，**至少有個名詞可以用來稱呼我這種人**。那時我二十二歲，一邊津津有味讀著《美食[25]》雜誌總編輯露絲·雷克爾最新的回憶錄，一邊在同事薇爾充滿成熟氛圍的公寓中替她照顧著寵物。那天晚上，我獨自去了雷克爾在書中提到的韓國城餐廳「BCD豆腐屋」。吃完像卡士達般的正方形豆腐後，便決定未來要成為美食作家。不久，我在穆瑞丘一場派對上宣布這個目標。「你是說餐廳評論家嗎？」有人提問。當時是二〇〇二年，Food Network美食台頻道剛推出不到十年，美食寫作還不是那麼常見的職涯選擇。

儘管如此，我還是成了美食雜誌的編輯，先是《瑞秋雷的每一天》，而「foodie」是這本雜誌的禁用字；然後是《美食與醇酒》，「foodie」一詞可以偶爾出現。食物也是我的嗜好，我會花費整個週末尋找最美味的湯包，或舉辦精緻的晚餐派對（我曾舉辦過一場綜合猶太與泰國風的「Baruch a Thai[26]」派對）。

簡單來說，食物是構成「我」的重要元素。友人喬馬的祖母最近去世，我寄了一張弔唁卡給他，他回覆：「她生前熱愛生活，也真的樂在其中。」我回應：「這句話很適合作為我的墓誌銘。」他毫不遲疑地說：「我想，妳的墓誌銘應該要提到食物吧？」

儘管朋友們仍把我當成美食家，我經常在想——**嗶！**魚柳條該翻面了——現在的我值得這個稱呼嗎？在家裡，我大多用油炸解決一切，倉促完成或解凍一頓即食餐點。若要我推薦餐廳，可能只會推薦從我家步行即可抵達的餐廳。（不過，碧昂絲去過的披薩餐廳、三四家世界級的雞尾酒吧，以及一家辣到讓人滿頭大汗的泰式餐廳全都是我在布魯克林的鄰居。）至於美食寫作的工作，在Instagram興起與雜誌走向末路的夾擊下，已不再是我的主要維生工具。

最近幾個月，寫下這一章時，輕度的健康問題已讓我放棄精製糖、麩質和乳製品。說到乳製品，你可能還記得我在二月寫感謝卡給吉安路卡時，他在我們熱愛的「莫札呀呀店」工作；我曾在名為《文化》的乳酪雜誌上，寫過一篇文章宣揚自己對莫札瑞拉起司的喜愛。（「儘管它不是世界上最有趣或層次最豐富的乳酪，但它是將牛乳提煉得最乾淨、最完美的呈現。」）**我甚至寫過一整本墨西哥辣味玉米片的食譜！**但，現在我的早餐是雞蛋和韓式泡菜，點心是胡桃和煙燻淡菜罐頭，簡直誤打誤撞成為了一位修道者。

在列出七月的感謝清單時，心裡想著：感謝為我帶來難忘的餐廳美食與晚宴的對象，以及和食物密切相關的職涯，能不能讓我重新找回曾經是美食家的自我？

表達感激之情，獲得慷慨回報

撰寫感謝卡的其中一項規則是：不打草稿。這種吹毛求疵的步驟，只會拖慢我的速度。所以，我寫給《美食》雜誌總編輯露絲．雷克爾的做法和往常一樣——拿出筆和卡片，想到什麼寫什麼。「親愛的雷克爾小姐：閱讀妳的回憶錄《天生嫩骨》，影響了我的人生路線……」然後我停了下來，路線是可以「被影響」的嗎？我丟掉那張卡片，再試一次。「親愛的雷克爾小姐：我從未找到自己的目標，直到讀了……」這張卡片依舊讓我不夠滿意。

因此，我在感恩年中首次打破規則，決定先用 Word 打出寫給我偶像的信，再把精雕細琢的訊息謄到漂亮的卡片上——而不是備受仰賴的平價百貨便箋卡。站在郵筒前，我努力擺脫她對這封信嗤之以鼻的想像，最後還是把它寄了出去。「《天生嫩骨》改變了我的職涯方向，認為美食寫作可以是一份工作，也是我想做的工作，於是開始向所有人分享我的理想職業。然後，在《喬治》雜誌實習時認識的導師法蘭克·拉利，招募我協助發行瑞秋雷雜誌。當《美食》雜誌停刊時，我仍在為瑞秋雷雜誌工作。這個消息讓當時的我跌落谷底，如果沒有了《美食》，該怎麼實現有朝一日能在《美食》工作的夢想？而且，我要怎麼做菜？至今，《美食》的食譜仍是我心中最可靠的食譜。（哈，別告訴《美食與醇酒》的戴娜和提娜，我後來成為她們的旅遊編輯。）我每年都會熬煮加了薑的雞粥為我老公慶生，也用豌豆湯佐黑麥麵包丁慶祝兒子的六個月大紀念日。」

「我非常喜愛妳記錄《美食》停刊後，是如何走出傷痛的新書，它讓我心有戚戚焉，因為被《美食與醇酒》資遣了，所以跟這本書很有共鳴。謝謝妳寫了許多如此精彩的書籍，以及打造了如此完美的雜誌。考量到現在的媒體趨勢，我不知道擁有美食記者的背景會帶我走向何處。但我非常感謝這一路上遇見的人以及學會的技巧，喜愛食物的人都是好人。」

我改述了茱莉雅·柴爾德的說法：「愛吃的人都是好人。」還想到了黛安娜·史特吉斯，她共同監製了《瑞秋雷的每一天》的實驗廚房。有一天，我正好經過廚房，試吃了剛出爐、熱騰騰的完美十字麵包，真是絕品。隔天，黛安娜就遞上親手寫的食譜，現在還夾在我的食譜活頁夾中。我寫給她：「這張食譜體現了妳的慷慨和親切。」幾週後，我收到她寄來的卡片，她寫說：「那是我五十多年前在威爾斯用來教中學生的食譜！妳讓我現在就想來一個十字麵包！但為了『無麩質』飲食，所以還是算了吧。」另一位共同監製崔西·西曼及其團隊，則會每年為我烤生日蛋糕。從他們的舉動就可以看得出來，喜好美食的人都慷慨大方。

我很幸運能和世界上最傑出的美食人共事，其中包括《美食與醇酒》的前美食總監、傳奇性的提娜·烏拉基。「我一直想起待在《美食與醇酒》的三年時光，多麼榮幸能加入這群美食菁英的行列。」我對她寫道：「謝謝妳總是願意花時間，不吝分享非凡的美食知識。能一窺實驗廚房的景象、在會議中的腦力激盪都是我的珍貴回憶。在曼哈頓三角地的保羅·利布蘭特餐廳舉辦的甜點品嘗會令我難忘，直到現在仍然記得那道由康科德葡萄和黑芝麻構成的驚人甜點。真是充滿樂趣的一晚——充滿樂趣的那些年。」

在那裡工作的幾年間，我帶了許多神奇的食譜和手藝回家，廚房中誕生了一些真正的佳餚。可是，成為媽媽以後，原本的魔力就消失了，而一本食譜幫助我重新找回它們，於是決定提筆寫給食譜作者珍妮·羅森斯特拉。「親愛的珍妮：」接著寫道：「我直接稱呼妳的名字，是因為妳就像一位友人一樣，在我遇見《晚餐指南》這本書時，正逢我奮力想要重返廚房，找回從前的樂趣。我需要一個方法，能讓我從一位老練、熱忱、總是想要嘗試新食譜的廚師，過渡成帶寶寶的新手媽媽。好幾個月來，一直是我餵寶寶，老公餵我，雖然很享受這種生活……但我也想念烹飪。妳的書讓我重拾信心，並為我安排好廚房中的計畫。我幾乎做遍書中的每一道食譜——書也變得破破爛爛的。帕馬森乳酪雞肉丸出現在餐桌的頻率特別高，西班牙臘腸義式烘蛋也是。我真的很愛做菜……謝謝妳讓我想起這件事！」

拉尼小販是我們最喜歡的市場攤商，也對家中的日常菜色影響最大。「親愛的內爾明：」我寫下：「光顧拉尼小販是我們家一週最好的時光——不只是因為你們的新鮮蔬菜（讓我們用來規劃整週的菜單），還有你親切友善地接待我、傑克和我們的孩子亨利及查理。謝謝你所做的一切！」

這封只有兩句話的感謝卡帶來很大的影響。亨利把它交給內爾明——我在一週前記下了他的名字怎麼寫——而我們都以名字稱呼他。他也禮尚往來，開始以名字稱呼**我們四人**。直到現在，他每週都會為我們保留兩盒雞蛋，並送給兩個男孩特大瑪芬——

櫛瓜口味給亨利，南瓜口味給查理。這讓我有些不自在：免費得到東西從來不是感恩年的動機。有一次，我獨自一人去購物，當內爾明把瑪芬放進我手裡時，我告訴他不必這麼做，他已經夠慷慨了，而他仍是堅持。我了解到，送點心給孩子們這件事，會令內爾明開心，便大方接受了這份禮物。聖誕節時，我們送了一大堆巧克力豆餅乾給內爾明，而他給我們看了一張他站在攤位後的照片，攝於二十一年前剛開始擺攤的那一週。當我們準備離開時，亨利轉頭跟我說：「內爾明是全世界最親切的農夫。」

七月感謝清單上剩下的收件者是我們最愛的餐廳的工作人員，感謝他們比我預期中還要讓人情緒激動。

二十一歲搬到紐約時，找尋最好（大多非常便宜）的餐廳成了我探索這座城市的方式。然後，餐廳的意義變得不止於此——它們是離家之後的家，定義了我人生的每個時期。在我二十多歲時，下東區的小巨人餐廳就是我的家，搬到布魯克林後，則是特選肉餐廳、巴特斯比餐廳及波波泰式料理。在我坐下來感謝工作人員時，才發現這些餐廳對我的每一個階段有多麼重要，食物並不是主要原因。

我寫給特選肉餐廳的前領班珍：「我一直想起過去在特選肉用餐的經驗，發現我們之所以熱愛這地方的原因，是在於妳。妳溫暖且真誠的熱情款待，讓我們有賓至如歸的感覺。」

然後我寫給艾瑞卡，她以前是巴特斯比的櫃臺接待員。「在這座城市（世界）還沒發現這裡之前，巴特斯比是專屬我的秘密天堂，感覺就像踏進附近的小小魔法基地。沒錯，這裡的食物很棒——但其中有更多的魔法都是因為妳。不知道妳有沒有聽過這句話——『造訪一間餐廳是因為食物；再次光臨是因為服務』，不確定是誰說的（紐約餐飲大亨丹尼．梅爾？）在巴特斯比的用餐經驗讓我了解這句話有多麼中肯。感謝妳如此細心對待，還特地把吧檯的位子留給我們——感謝有妳。這間餐廳不能沒有妳！」

近來最常去的餐廳是超級辣的波波泰式料理，位在我們家的街區轉角，這也是我知道懷了亨利的那天晚上用餐的地方。在寫了一堆感謝卡的一個夏日，我行經這間餐廳，見到窗上有一封主廚安迪．瑞克寫的信，他宣布將在九月歇業。我寫給他：「曾有一個晚上，我獨自一人、沒有家人在身邊，很高興能在波波的吧檯前度過這個珍貴的夜晚，享用鳳梨雞尾酒和鯰魚料理。說我們會想念波波這句話說得太輕巧了，感謝你這些年來的美妙辣味；謝謝你帶領我們認識泰式沙拉、茉莉香米湯、泰北金麵、榴蓮卡士達（我孕期的最愛）、辣花生，以及許多雞翅料理等等。同時，也感謝你寫了如此體貼周到的告別信，它治癒了一些說再見的惆悵感。」

加州棕櫚泉的奇基餐廳帶來不同風味，但同樣重要的一餐：無可挑剔的完美早餐——尤其是搭配鹽味奶油的薄脆鬆餅。光顧多年後，我開始和主廚泰拉．拉澤變成友人，我對她寫道：「不知道該如何讓妳了解，我有多常想到奇基的鬆餅、培根拼盤，以及血腥瑪麗。感謝妳不吝分享推薦的菜色和口味（多年來，妳為許多朋友保留了一張桌子）。」

泰拉回了一封電子郵件告訴我，她下週會在布魯克林。我邀

請她到家裡享用豌豆湯佐黑麥麵包丁（是的，出自《美食》食譜）。為傑克的話發笑時，我記得自己往後仰，心想，能為這個月的美食人物做菜真是太特別了，他們全都樂於分享，帶給我許多美好時光。

泰拉離去時，我稱讚了她繡有寶藍和藍綠色葉子的愛迪達球鞋，結果下週，**她送了一雙尺寸剛好的同款球鞋給我**。我原本以為自己不像泰拉一樣酷，是無法駕馭它們的。不過，在我隨後的感謝卡中寫道：「好喔，這雙鞋其實是我的最愛！收到之後，大概有三分之一或二分之一的日子都穿著它們。它非常舒適、趣味又時髦——對布魯克林的職場媽媽生活來說**再適合不過**。這真是意想不到的特別禮物，我好愛它。真高興我們保有聯繫，希望能很快在棕櫚泉或紐約見到妳。也記得代我向妳們家的鬆餅打聲招呼！」

慷慨帶來了感激，然後又帶來新的慷慨。

在大多數時間裡，人們都在生活中掙扎

初戀難忘，對我和傑克來說，那就是小巨人。二〇〇五年的夏天是我回憶中永不褪色的一角，當時我剛離開大學畢業後的第一份工作（《歐普拉雜誌》），很興奮能從助理身分升級。二十五歲時，我已是美食出版界一位獨當一面的編輯：我和一群雖然人數不多，但都十分優秀的團隊成員一起籌備《瑞秋雷》雜誌的發行，這些人成了我終生的朋友，包括今年重新聯繫上的莎拉，以及尼克·法查德。有一天下午，我正在尋覓和朋友晚餐聚會的餐廳，尼克拿了小巨人的菜單給我看，上面是充滿夏季風情的菜餚（四季豆、醃漬西瓜皮），便決定去這家餐廳。餐廳窗戶面向下東區生氣勃勃的歐查街和布魯街街角，室內空間雖小，但不擁擠，這要歸功於窗戶大開，讓清風得以徐徐吹來。魔鬼蛋[27]、雞肝醬、白脫牛奶細香蔥比司吉和英式椰棗太妃蛋糕等等，每一道餐點，從窗戶流洩的自然光下、在太陽西下後的溫暖燭光裡，宛若一幅美妙的靜物畫。每一道菜保持完好的時間不到幾分鐘，盤上的碎屑都是我們爭奪的目標。這裡的氣氛愉快熱絡，如同我的心情一般。

在那年夏天，我和傑克首次成了一間餐廳的常客，儘管從餐廳回到我們在上西區的家需要花上快一小時的時間。我們在那裡招待了許多朋友。我寫給友人梅根的照片明信片，那張我們看起來像是「服飾品牌模特兒」的照片，就是在小巨人拍攝的。我邀請瑪麗和約翰（總是以粉紅香檳作為餐前酒的友人）到這裡用餐，還試著要買單（想得美）。我和傑克經常在此流連，久到茱莉·華勒克會穿著她的白色廚師服，從小小的廚房探頭出來打招呼。

「我最近好想念小巨人，像是好久不見的友人一樣。」我寫給茱莉：「感謝妳創造了如此溫暖且特別的地方，款待我並做出精心規劃的美好餐點。小巨人的餐點造就了我的廚藝——我一直努力重現那種魔法。我和傑克永遠不會忘記妳送來VI形狀的比司吉，慶祝我們結婚六週年，使得往後每一年都會提起這件事，謝謝妳。我們想念小巨人，還有妳。」

茱莉回了封電子郵件給我：「我從未收到過如此動人的信件，它出乎意料，帶來無比的體貼關懷。在我的職業生涯陷入困境的當下，這正是我需要的。妳的信為我帶來絕妙的啟示：回顧過往是向前邁進的良好動力。」隔沒多久，她就宣布結束由她開設並經營十年的曼哈頓餐廳「微醺牧師」。

「我經營小巨人時，真的超級快樂。」她在電話中告訴我：「大家以一種老派的風格聚在一起，現在幾乎沒人會這麼做了。當時，沒有人會在餐桌上滑手機。『微醺牧師』卻不一樣，我想要重現在小巨人時曾經擁有的精神，但整個產業已經改變了。」

「我們在上州住家附近的一間餐廳打開妳的卡片。那天是我先生的生日，特地外出午餐。我扔了一疊信到包包裡，趁先生去洗手間時拿出來讀。我當時正準備賣掉『微醺牧師』。我搬到了市郊，卻感覺自己不屬於這裡，因為被餐廳困在紐約市。我罹患了萊姆病，覺得自己悲慘至極。讀著妳的卡片，想起當時經營小巨人有多麼開心。經常起床後就去綠色市集採買食材，然後在送出餐點後，從開放式廚房觀察顧客的反應。我想念那種連結，進入這個行業，開始變得熱情好客。」

「收到妳的卡片，讓我回顧過往，想著：**我以某種方式為人們的生活做出貢獻**。但，當時我並不覺得自己有做到這件事，這令人有點感傷，也使我想起我生命中在乎的每個人。我享受經營小巨人的日子，卻一頭栽進工作中。我和妳，原本可以成為要好的朋友。隨著年齡漸長，才發現時間一去不復返，然後開始懊悔過去虛擲光陰。我花了太多青春在地下室工作，但願現在的茱莉4．0版本可以彌補這一點。」

心中的扭捏不安其實毫無根據

在這一整年收到的回應中，有許多人向我表達：「我正經歷艱難的時光，這張卡片幫助了我」，而茱莉的信也是其中之一。我很驚訝地發現，許多人都正在為某件事所困。我相信茱莉能夠如此自在地敞開心房，是因為我也是以同樣的心情聯絡上她的。

我做的事並不**酷**，這就像在說：「嗨！已經過了好多年，你還記得我嗎？我不只記得你——還**經常**想起你。」有些得知我做這項挑戰的人，說這段話令他們「坐立不安」。「突然為多年前發生的事說謝謝，不會覺得尷尬嗎？」

呃，是的！幾乎每張感謝卡都是某種程度的勇敢——寫給附近店家的老闆需要一點勇氣，而寫給已經疏遠的朋友可說是等於一杯波本威士忌的強度。每一張感謝卡都像是可以實現的小小挑戰。要率先揮手需要鼓起勇氣。

不過，它確實愈來愈容易達成。我一路上收到的回應——說我讓他們有美好的一天，或是讓他們露出笑容——這成了一種獎勵。總之，我認為不管這些感謝卡看起來多隨性，或是在送出去時有多麼不自在，都會寄到收件人心底。而我**不曾**預料到的是，我敞開自己柔軟的一面，也會讓別人想跟著這麼做。

人們高估了由衷表達感謝的尷尬程度，卻低估了它的影響。這正是德州大學鑽研感激的社會科學家艾米特．庫瑪的研究收穫。他要求四百名研究參與者寫一封感謝信給曾經影響他們的人，然後研究收件者的反應——這在感激學領域是非常罕見的調查。大部分的研究都以感受到或表達感激之情的人為焦點，而庫瑪則著重在後續的影響。

「妳坐立不安的朋友正好突顯了一件我認為很有意思的事——害怕尷尬成了表達感激的阻礙。」庫瑪告訴我：「我們的研究發現，人們過分在意他們要說的事，在意謝意是否充分表達、是否選擇了**恰到好處**的詞彙。事後證實，這些擔憂太過頭了。不管選擇什麼樣的詞彙，只要說出來，都是有意義的。」

庫瑪還補充了這個說法「不是個人觀點，而是科學事實：寄出感謝信遠比人們想像中還來得有影響，也沒那麼尷尬。或許，了解這一點就足以幫助他們克服心魔。」

我向庫瑪分享茱莉的回應，並告訴他我認為如果寄出感謝卡時，對方正好陷入困境，這對收件者來說會更有意義。

「我想這個說法有一部分是對的，也有一部分是錯的。」庫瑪回答：「記住，我是科學家，會以整體的結果為重。我檢視了數百份詳細的回應，其中並沒有太大的差別。每個人幾乎都會表示，收到感謝卡讓他們**真的**覺得很棒。茱莉的反應很典型，並沒有什麼特別。但，其中非典型的部分在於她精確地說明了她的感覺。」

庫瑪指出，我不像他做研究時那樣，會追蹤感謝卡的收件者，並請他們填寫問卷。他還說，如果我這麼做，就會了解到感謝卡對這些對象的意義，比我想像中還大。

這正是我堅持下去的理由，儘管猶豫的想法不斷浮現：**這張卡片會被怎麼看待？露絲·雷克爾會認為我無趣嗎？**說真的，誰在乎呢？雷克爾怎麼想並不重要——重要的是茱莉·華勒克的回應。

以這種脆弱、真誠的方式表達感激並不酷，而是溫暖——卸下心房。這正是它如此有力的理由。

當我寄出最後一批食物月分的感謝卡——寫給美食作家奈潔拉·勞森的粉絲信，以及謝謝友人泰芮給予的披薩麵糰食譜——我想到我在這個月初的疑問。感謝為我帶來喜愛食物的回憶的對象，是否能讓我重新連結曾經熱愛食物的自我？

或許，我已經不是從前那位美食家，但這些卡片提醒我，在美食界，改變是必然的。《美食》雜誌不復存在，《美食與醇酒》資遣了幾乎所有員工，然後搬到阿拉巴馬州的伯明罕市。我熱愛的四家紐約餐廳全都歇業了——巴特斯比和特選肉餐廳在我寄出感謝卡後的幾個月結束營業。自從減少攝取麩質和乳製品後，我就不太常煮羅森斯特拉食譜裡的菜色；也還沒有用黛安娜的手寫食譜，烤出完美的十字麵包。當她寫出做法給我時，她也還沒做出十字麵包。雜誌和餐廳就跟食物本身一樣短暫，但是美味的記憶長存，人們也一樣。他們點綴了我的生活，是我的一部分。

當我開始向喜愛的食物告別，朋友不斷表示同情，不知道如果少了深愛的義大利麵、麵包、起司和冰淇淋，我要怎麼設法過日子。但我很訝異自己適應的速度如此快，回顧過去，我將這件事歸功於我的感恩年。我對於現在所感受到的健康好處，心懷感激；對於還能享用的食物（墨西哥玉米片、傑克的煙燻酪梨醬、美乃滋薯條），心懷感激；對於我所吃過的每一盤、每一條培根蛋黃義大利麵，心懷感激。總之，為什麼我們會覺得有權享用地球上所有可食用的材料，還不用管這對我們的身體及環境會造成什麼後果？

所有與食物相關的感謝卡啟發我舉辦了一場匆促成行的晚餐派對，邀請來自我人生中不同階段的對象，為他們烹調烤雞佐炭烤茄子和四季豆。我用上在卡盧斯蒂安買的中東芝麻醬和鯷魚，在這間曼哈頓萊辛頓大道上的異國香料店，還買了醃檸檬以及由祕魯阿吉阿馬里洛辣椒製成的辣醬。或許，我仍舊是個美食家呢。

25 美食（Gourmet），一九四一年創刊的美食雜誌，於二〇〇九年十一月發行最後一期。被紐約時報譽為「飲食文化界的Vogue雜誌」。

26 作者在此取猶太頌讚詞「Baruch atah」（感謝主）及「Thai」（泰國）的諧音。

27 魔鬼蛋（Deviled egg），將蛋煮熟後剝殼對切，取出蛋黃和美乃滋或芥末醬拌勻後回填，通常作為冷盤享用。

如何找到讓你的生活更美好的對象

或許食物不是為你帶來日常喜悅的東西，你可以試著找到屬於你的。

1. **思考你是如何花費額外的金錢和時間。**如果在街上撿到十美元，必須把它用在休閒娛樂上，你會買什麼？如果多出一個小時時間，必須用在毫無生產力的事情上，你會選擇做什麼？
2. **問自己是否有一開口談論就停不下來的事。**可能是喜劇、時尚、重訓或是紅酒？
3. **找到潛在的感謝對象。**或許你是志同道合的社群其中一員？對於你有興趣的事，你是怎麼深入了解它，或學會表達這件事？你的導師是誰？他們說過或做過什麼讓你難忘的事？

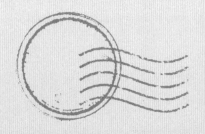

第八章

寫感謝卡給拓展你世界的人，還能帶來新視野

| August：旅行 |

驚喜：旅行創造一輩子的友情。

好處：表達感激之情可以延長旅行的餘韻。

寶貴一課：旅行會改變你，這是真的。

在我還是《瑞秋雷》雜誌的中堅員工時，我的老闆席瓦娜問我，等員工補齊後，我想要投入哪一方面：美食新聞？娛樂專輯？而我也迅速給出答案：如果雜誌有旅遊版，那就是我想要跑的線。

幾年前，在我擔任《歐普拉雜誌》的編輯助理時，到新學院報名參加雜誌與新聞寫作課程；有一次，課堂上邀請到莎瑪·阿德努爾來演講，她當時是《美食與醇酒》雜誌的旅遊編輯。當莎瑪細說西班牙南部的美食趣聞時，一個想法在我心中成形，就好像用墨水寫出來一樣清楚：我想要跟她一樣的工作。**非常**想要。這讓我最初的目標——跟隨露絲·雷克爾的腳步，撰寫美食文章——更為明確；我想要跟隨莎瑪的腳步，撰寫世界各地的食物潮流，讓人付錢請我找出最令人興奮的旅遊景點。

負責《瑞秋雷的每一天》的旅遊版面，讓我距離這個夢想更近一步，也是我身為旅遊編輯與全球旅行者輝煌十年的開端。在那裡工作時，我寫過知名的美食景點（奧斯汀、紐奧良）及不為人所知的去處（華盛頓州瓦拉瓦拉）；還接洽了幾位我最愛的作家，送他們到美國各地品嘗全美最棒的烤肉及熱狗。

七年後，我踏入莎瑪曾經在《美食與醇酒》的職位——難以置信！——而現在，旅行的目的地更遙遠、更豪華，像是紐西蘭及摩洛哥的馬拉喀什。

很難把現在的我——清洗嬰兒吸管杯、草草端出符合搜尋引擎演算法的內容（「南瓜派需要冷藏嗎？」）——和到倫敦及柏林出席會議、在墨西哥及亞斯本美食節介紹名廚的全球旅行者相提並論。時光旅行（可以這麼說）以及重溫那些可以報帳的昂貴旅遊這個想法，讓我非常興奮。

雖然先前的經驗與現在的生活相去甚遠，但也不是希望別人認為我因為結束這樣的生活而感到遺憾。我不太為此感到遺憾，即使在經歷那些體驗的當下，我也知道這種日子不可能長久。

每當我和傑克享受令人驚訝的工作附帶福利時，我們其中一人就會引用美食評論家蓋爾．格林引用名廚茱莉雅．柴爾德的說法。格林在她的回憶錄中提及，有一次，她們兩人正在享受豐盛的晚餐，而餐廳主人仍持續送上一道又一道佳餚。格林表達了自己的不好意思，但柴爾德卻大喊：「我想我們就該好好享受！誰知道這會持續多久呢？」

只是，當這樣的日子持續下去時，必須得說，有人能付錢請妳去旅行是了不起的特權——而且不只有旅行，還可以體驗不同的食物和文化。在寫下這個月三十一張感謝卡的過程中，我了解到持續至今的特權不是什麼奢華旅館體驗，或是早就過期的飛行常客哩程獎勵。多年來擔任旅遊編輯，這份工作教會我以人為本的旅行方式，而這是所有人都可以採用的。像是在旅途中和陌生人交流，這培養了我在日常生活中，尤其是在這趟感恩之旅中，能夠讓我自在地這麼做的能力。

旅行創造一輩子的友情

我預期這個月會用來回憶過去的生活，或許會時而細細品味紐西蘭湖畔小屋的體驗，時而對年輕時的自己嫉妒不已。

打開具有十年歷史，命名為「曾經造訪的地方」的Word檔案，開始加上註解，標示出讓每一趟旅行精彩萬分的對象。在看這份充滿朋友、導遊和公關人員的感謝清單時，突然想起我時常分享的一個旅行訣竅：在出發前調查推薦行程時，不要問**我該去哪裡？**而是問**我該認識什麼人？**比起全世界所有的旅行指南、旅遊部落格和雙層觀光巴士，一位樂於分享的當地人更具有價值。

為了《瑞秋雷的每一天》撰稿而前往紐奧良時，克里斯欽和西蒙妮這兩位公關人員帶我到處參觀。我對於任何公關提出的小訣竅都心存懷疑，因為他們通常都是為了要推銷某樣商品。不過，克里斯欽和西蒙妮是當地人，這代表在公關身分之前，他們都是個親切好客的主人。克里斯欽是旅遊發展局的負責人，邀請我去他家參加小龍蝦派對。餐廳公關西蒙妮則讓我參加她和要好的兒時友人在加拉托瓦餐廳（不是西蒙妮效力的那家）的週五午餐聚會。我著迷於紐奧良的塞澤瑞克調酒、沾滿辣醬的烤海灣牡蠣，以及歡樂的第二線遊行隊伍[28]。最重要的是，我愛上這裡的人們。

「親愛的艾墨莉和克里斯欽。」我寫給他和他的太太：「我想起多年前的紐奧良之行，你們是多麼溫暖和大方，歡迎我加入你們的生活中——從你們家的小龍蝦派對到內行人帶路的爵士音樂節。」對西蒙妮，我則寫道：「我正在懷念去紐奧良的旅行，那已經是好幾年前了——妳慷慨地向我展示當地人對這座神奇城市的看法。能在加拉托瓦餐廳見到傳奇性的服務生約翰博士，是無價的珍貴體驗。」

去柏林出席旅遊會議的時候，我帶了妹妹布麗琪同行，並和經常為《美食與醇酒》撰稿的吉賽拉．威廉斯碰面。當時，她招待我們到她家附近，一間位於非觀光熱區的舒適餐廳。我們坐在壁爐旁，她向我們介紹她的友人莎曼及阿朗索。後來，還帶我們經過一條蜿蜒隊伍，進入彷彿迷宮般，有電子音樂在空氣中震動的夜店開幕派對。隔天晚上，我們一起喝酒談笑到凌晨四點鐘。

「親愛的吉賽拉：」我寫道：「妳是如此溫暖熱心，不惜花費時間，介紹我們認識阿朗索和莎曼。妳施展唯有本地人才辦得到的魔法，讓這座城市充滿活力，讓我愛上這裡。」給阿朗索，我寫道：「你把我和我妹妹納入你的羽翼之下——帶我們進入最酷的夜店、介紹我們認識莎曼，徹夜喝酒聊天、享受美食。」對莎曼則是：「我想起你和我們在柏林、倫敦和紐約幾次短暫但難忘的相聚時刻。我非常感激這段友誼，也期待下一次聊天說笑的日子到來。」

在抵達奧斯汀為《瑞秋雷的每一天》撰寫特輯前，我並未安排導遊，卻還是找到了一位。有一天晚上，我原本打算留在「聖荷西飯店」的舒適房間，欣賞向飯店租借的《最後一場電影》DVD。不過，還是把雙腳塞進剛買的盧切斯牛仔靴，前往南國會大道。在圭羅的塔可吧享用辣椒乳酪時，一名長相溫文的男性側身靠近，開始和我聊天。他叫做羅斯，沒多久便邀請我去附近的演出場地觀賞奧斯汀傳奇歌手丹·戴爾的演出。

這很矛盾：獨自一人的旅行讓你容易對別人敞開心扉——不只是相遇、互相寒暄，還會和他們成為朋友。自從和羅斯隨著丹·戴爾的音樂輕叩靴子之後的十五年間，我們在德州、紐約和麻州大概見過六次面，而麻州那次則是他來參加我的婚禮。

「我想起我們第一次見面的時候。」我寫給羅斯：「你真的很親切，看到一個和周遭格格不入的女孩，便決定和她做朋友。你還是一個非常特別的人——溫暖、真誠且慷慨。感謝多年前帶我參觀奧斯汀，也謝謝你在這之後付出的所有溫暖、關愛和友誼！」

這些旅行很短暫。不管是艾墨莉、克里斯欽、吉賽拉、阿朗索、莎曼或羅斯，在他們的家鄉只相處了幾小時。然而，在十年甚至更久以後的現在，我們依然是朋友。思及此處，我想起和吉蓮·桑斯壯的對話，也就是在鄰居月分（二月）那位研究弱連結的學者。桑斯壯提及，她已經從研究弱連結轉向研究和陌生人說話的恐懼。「我一直想知道：人們到底在擔心什麼？」她說：「大多數情況下，人們完全不想和陌生人說話。這是為什麼？他們認為會發生什麼事？」

我告訴她，這讓我想起，當人們想到要隨興寄出感謝卡，會感到坐立不安，不願率先揮手。「我認為這與和陌生人說話是同一件事。」她說：「幾乎所有人都會感到恐懼，但，真的和陌生人說上話時，會發現其實這一切都很順利。」

旅行時更是如此。為什麼旅行會滋生友誼？或許是因為它讓人離開舒適圈吧。離開日常生活，這往往會激發對新環境的好奇心。我們會更有意願且積極參與周遭的世界。或許也會更用心傾聽，更快卸下防備，袒露心中更有趣的部分。

儘管在旅行中和陌生人建立關係感覺很自然，但維持這種遠距離的友誼卻需要努力。例如，我邀請羅斯來參加我和傑克的婚禮。我在倫敦享受連假時，放棄半天的觀光行程，改和莎曼吃牡蠣。而在這個月，我為這兩人都寫了感謝卡。

我並沒有花時間懷念以前有幸造訪的那些貴得嚇人的度假勝地。這些工作旅行帶來的最大影響，不是那些奢華的行程——儘管在愛爾蘭的巴利芬莊園中，坐在四輪馬車上啜飲香檳的感覺簡直棒極了。最為難忘的，其實是那些和當地人建立真摯連結的旅行，而這是任何人在任何城鎮、任何時間都能做到的事。

表達感激之情可以延長旅行的餘韻

建立長久的友誼可能是延長假期生命力的最好方式，還有其他方式可以延伸旅行的好處（像是舒緩壓力和提升創造力）嗎？

據研究顯示，比起旅行本身，期待度假這個行為更能讓人振奮情緒。一項薩里大學的研究發現，人們在規劃旅行的時候最快樂，同時也對個人健康和生活品質帶來更正面的影響。此外，研究感激的學者艾米特．庫瑪在一項共同研究中表示，期待出發旅行比起期待新買的東西，更讓人快樂。

但之後呢？

所以我們在規劃旅行時很快樂——理想上，這也包含聯絡那些願意碰面的友人——

知名心理學教授索妮亞．柳波莫斯基在著作《練習，讓自己更快樂》中寫道：「當我們緬懷往日時光，一張照片就可能觸發原先不記得的愉快或有趣小事，像是和我們眉來眼去的那個可愛服務生，或是把我們淋成落湯雞的暴雨。當我們全神貫注在短暫的快樂上——像是懷念長久以前的假期——也就更能加深愉悅的感受。即使到現在，在心中回顧並享受這難忘的經驗……也可以持續產生快樂。」

如果緬懷好時光有助於我們重新回顧它，那麼書寫旅行相關的卡片就可以為「心理健康假期」的概念賦予全新意義——把提升快樂這件事，擴展到卡片收件者身上。葛莉絲是我最親密的友人之一，我們是在佛羅倫斯念書時認識的，但就讀不同學校。當時是在一家夜店遇見她，接著想起掛在我房間的照片中有這張臉：葛莉絲和我的大學室友艾莉森就讀同一所高中。如果我害怕和陌生人說話，就永遠不會認識親愛的葛莉絲。我對她寫道：

在懷舊的心情中，我想起往日共度的驚奇旅程，當時我們是如此的年輕，在夜店盡情跳舞。感謝妳：

- ♥ 邀請我去維洛納令人難忘的奢華卡文地莊園。
- ♥ 在沒有智慧型手機的時代，為每一趟旅程導航。
- ♥ 送我去比薩機場接我未來的老公。
- ♥ 成為我所能想到最棒的旅行夥伴及朋友。我愛妳。

當葛莉絲收到這張卡片時，她正在接受乳癌治療（現在已有所緩解），還得看護她那健康狀況一天比一天糟的媽媽——同時還要照顧三個年幼的小孩和兩隻狗。她告訴我，這張卡片放在廚房流理檯上好幾週，每次看到它，她心中就會湧現一陣愉快的感覺，想起我們在維洛納的週末，以及在佛羅倫斯的深夜。後來她把卡片放進記憶盒中，等著未來的某一刻能再度開啟這樣的快樂。

這個月告訴我，寫感謝卡是一種最簡單、最受肯定的方式，得以延長旅行的樂趣。充滿刨冰的茂宜島家族旅行（和旅館房客以物易物的結果）讓我得到這個結論，一回到家，我就寄了六張感謝卡。致我在《美食與醇酒》的前輩珍·墨菲，她提供一長串關於茂宜島的完美攻略清單。我對她寫道：「我一直參考妳的文章和小抄。」我還寄給珍的朋友阿曼達，她住在茂宜島內陸，並即時用簡訊告訴我哪些地點必須去，我寫說：「謝謝妳讓我們認識磨坊屋餐廳（還去了兩次！）和烏魯拉尼刨冰店。真的好好吃！」致我的兒時友人葛瑞特，他在島上實現了當漁夫的夢想：「MAHALO（謝謝）你花時間來找我和我的家人，並為我們製作那一週最美味的夏威夷拌飯。」布魯克林正在下雪，但寫卡片的時候，我幾乎可以感受到茂宜島的艷陽。

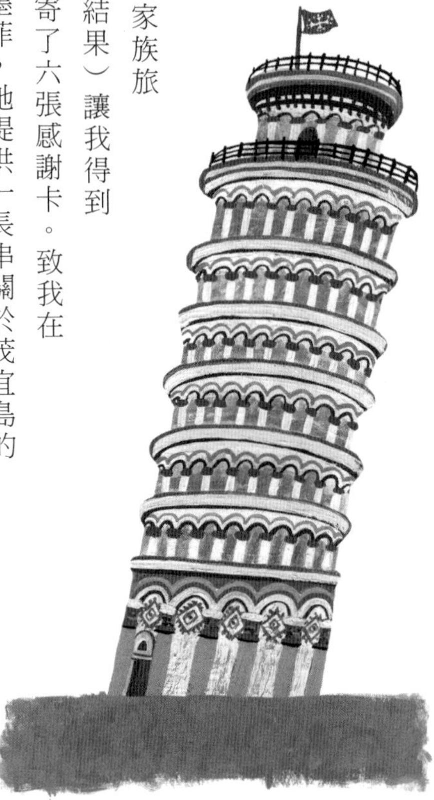

在那趟假期中，不用撰寫文章、不用主持座談會、不用招呼廣告主。照理來說，應該可以在大威雷亞度假村放空、玩水上滑水道，不用走出度假村大門冒險。不過，我仍然像個編輯一樣旅行，這表示我想要透過最了解當地的人認識這個地方，我想要認識這些人。

感謝卡解決了一道難題。以前，我會感謝我的旅行幫手，但通常是以電子郵件或簡訊隨意進行，這樣的做法，可能會發生隨手寫下的訊息不夠充分，勢必也會忘記感謝提供推薦清單或幫忙預約的某人。撰寫一張感謝卡，具體說明感謝對象以什麼方式讓自己的旅行更順利，這樣才像是真的好好感謝他們所花的時間——此外，還能延長這些美妙假期的氛圍。

旅行會改變你，這是真的

「旅行會改變你。」極其偉大的已故旅遊節目主持人安東尼·波登[29]說：「當你走過這趟人生和這個世界，事物會因你而改變，儘管細微，還是會留下痕跡。而同樣地，人生——和旅行——也在你身上留下痕跡。」

而我的看法是，過去的旅行影響我成為現在的樣子。於是，我想在這個月知道這是怎麼辦到的。那些年輕時的難忘旅行，要感謝爸爸和兒時好友的爸爸，他們帶來兩種非常不同的旅行風格。

「親愛的爸爸：」我寫道：「我想到小時候的那些小旅行——沒有任何計畫或預定行程，直接跳進車裡……然後開到聖地牙哥或是雷諾，或任何你想到的地方。謝謝你教會我們要熱愛旅行、勇於冒險、珍惜美景和星夜……我想起的當然是你把我們拖下床的那晚，然後看到澄淨夜空裡的燦爛星辰……那是哪裡？優勝美地？」

給我好朋友的爸爸，則寫道：「親愛的戈達德先生（雖然我快四十歲了，但你永遠是戈達德先生！）：我正在回顧那次去太浩湖的美好戈達德家族旅行。謝謝你總是讓我感到如此自在，視我為你們家族的一份子——不管是在你家還是外出旅行。永遠記得你總會播放巴布狄倫和約翰丹佛的歌，所有人全都跟著唱。」

我爸爸的「臨時成行」旅行風格教會我喜愛冒險——以及從不事先預約帶來的焦慮。和戈達德家族一起出遊的情況截然不同，他們會在幾個月前就租好小木屋，安排每一天的戶外活動，玩比手畫腳度過每個晚上。我見到事先規劃好的行程表所帶來的安心。坐在後座時，我吸收了我爸爸和戈達德先生兩種不同的旅行風格；等長大坐到駕駛座後，我融合了兩者。

還有一趟旅行躍上我的心頭。一位作家友人維洛妮卡．錢伯斯讓我和傑克借住她在巴黎的租屋處一週。我非常仔細規劃這趟行程，最後卻放棄了大部分的計畫——包括造訪盧瓦爾河谷一座城堡的附加旅程——因為維洛妮卡家所在的瑪黑區讓我們流連忘返。在巴黎時，傑克提出此生最終極的冒險，向我求婚。我寫下：「親愛的維洛妮卡：距離在巴黎那不可思議的一週，也是我訂婚的那一週，算起來也快十二年了。妳真的非常慷慨，雖然只見過我一、二次，還是願意讓我們借住在妳的迷人公寓，那是我人生關鍵時刻的完美地點。這趟旅程仍是我和傑克至今最愛的假期。從開始到結束都充滿魔法，令人難忘——而妳是最大的功臣。」

我後來請維洛妮卡撰稿描述她先前為老公籌備的驚喜生日東京遊，他們住在電影《愛情，不用翻譯》裡的柏悅飯店。維洛妮卡的文章讓這座城市顯得刺激又和平，編輯這篇稿子時，我告訴傑克，沒去過東京之前，我都不打算生小孩。

但我還是生了兩個小孩。後來，我接到一個招待旅行的邀請，前往標誌性的東京柏悅飯店。儘管我以前接到過許多類似的邀請，卻從未接受。我比較喜歡被指派的採訪任務，不想欠人恩惠或多產出一篇報導。但是，這是難得的機會！不只可以造訪日本，還可以短暫取回離開《美食與醇酒》後就不再擁有的全球旅行者身分。傑克同意在我出國時，負起所有帶小孩的責任。我幾乎是小跳步跑上日本航空的飛機。

我匆匆遊覽東京——建議安排至少三天的時間。回顧這趟旅行，我最清楚記得的是，和《美食與醇酒》特約記者暨《東京食酒》作者坂本由香里共度的下午。「我想起那個下午。」我寫給她：「妳很慷慨大方地：一、告訴我妳所有最棒的體驗東京小訣竅；二、帶我遊覽美食地下街；三、和我一起吃拉麵。」在高島屋百貨的美食地下街，由香里向我介紹櫻桃小蛋糕和其他當季點心。當時繡球花盛開，幾乎所有麻糬和精緻點心的包裝都覆滿這種蓬亂的花朵。由香里說，再過幾週，這些繡球花包裝就會換成其他當季的裝飾。如果是單獨一人走過這裡，肯定不會知道這樣的細節。我買了精緻的醬燒酥脆米果禮盒，紫色包裝上裝飾著當天稍早在植物園首度見到的粉紅繡球花。我心想，日本真幸運能擁有這麼獨特美麗的花朵。

兩天後，拖著行李箱走在布魯克林的人行道上，我簡直不敢相信自己的眼睛——路旁開著同一種繡球花，也一樣是粉紅色的。這是我們搬到新家的第一個夏天，每個月都有從沒見過的花朵綻放。從中也可以一窺可能的未來，像是摘一朵芍藥布置亨利十歲的生日派對；或是以迷你玫瑰裝飾夏日晚宴。

這是個顯而易見的啟示。在當下這個人生階段，我用不著搭乘橫越大西洋的班機，追尋美麗和冒險。它就在這裡，如果用心細看，就能在日常生活的細節中找到它們。旅行改變了我們的觀點，只是不見得和想像中一樣。

翻看我這個月寫的感謝卡，對於自己有幸能造訪的世界各

處、曾幫助我發掘寶物的當地人，以及旅途中交到的朋友，充滿感激之情。即使現在辦不到，但我將會再度踏上非凡的旅程，認識更多帶來新看法的迷人對象。

我也感謝旅行以各種微小的方式改變了我。我時常在旅行回來後，誓言要做些小小的生活變化。把詩集放到易取的下層書架、晚餐後出門散步、參觀藝廊，所有的小小宣言都有相同的簡單目的：放慢腳步，環顧四周，用心領會。寫感謝卡成了達成這些目標的做法。

後來，在感恩年的某一天，媽媽找到我二十歲在佛羅倫斯念書時所寫的舊日記。以下是最後一篇的摘錄：

我和喬沿著河邊走回家時，在我最愛的地方坐下來看著老橋。我們聊了很多佛羅倫斯的事——我們可能比過往、甚至是未來都更「做自己」，因為我們沒有真正的學術擔憂、沒什麼朋友／家人／男孩的問題要處理，只需要思考這個城市和我們遇見的人。

我們在旅行時最像自己。或許，那些和真實自我的磨合，甚至比我們造訪的地方，更能改變我們。

28 第二線遊行隊伍（second line parades），在紐奧良的遊行中，除了主要由銅管樂隊組成的第一線遊行外，跟隨在樂隊後方享受音樂與舞蹈的參與者，就稱為第二線遊行。

29 安東尼．波登（Anthony Bourdain，一九五六～二〇一八），美國名廚、作家及電視主持人，在CNN主持的旅行與美食節目《波登闖異地》（Anthony Bourdain: Parts Unknown）曾多次贏得艾美獎。

如何書寫旅行過後的感謝卡

1. **向信任的對象尋求旅遊建議**。要在旅行後有人可以感謝，就必須先尋求一些幫助。可以請教最近剛去過旅遊目的地的朋友，但找當地人是最理想的選擇。當然，社群媒體也是一個找出這些人的好方法。對於想尋求的建議，能愈具體愈好：例如，市中心價格合理的旅館、劇院區值得信賴的餐廳。

2. **和一位當地人碰面**。可以是小時候的朋友，或是朋友的朋友。約一個不太熟悉的人見面，可能會讓人覺得不自在。但，請想想所有可能發生的好事！你可能會找到當地最棒的牛排館，或是得到一輩子的朋友。況且，人們都喜歡炫耀自己的城鎮。

3. **和每個人聊天**。計程車司機、服務生，或是隊伍中排在你後面的人。問他們一些具體的問題：在這個地區可以去哪裡吃午餐？有沒有你喜歡的披薩店？有什麼非去不可的博物館？

4. **交換電子郵件信箱**。如果成功和別人建立連結，留下他們的聯絡資訊。

5. **回到家後，開始寫感謝卡**。用不著立刻進行——即使你的感謝卡在幾年後才抵達，還是會受到歡迎的。分享你回憶中對共度時光的細節，以及這對你來說有什麼意義。

第九章

寫信給人生導師，可以讓你更有自信

| September：職涯 |

好處：表達感激是拓展人脈最可靠的方式。

寶貴一課：寫感謝卡沒有時間限制。

驚喜：重新聯繫人生導師可能成為出乎意料的職業轉捩點。

我在雜誌業的華美階梯上，爬了十五年。這份工作附帶的福利很棒——旅行機會、餐廳開幕派對、香奈兒化妝品的一美元出清拍賣。不過，最讓我熱愛的還是和才華洋溢的作家、藝術總監、出版商及編輯同儕合作，齊心協力投入大家都非常在乎的產品。

這種通力合作的成就感是在離開《美食與醇酒》後，最想念的事。安然度過兩輪資遣之後，我在第三輪敗陣。當我走出旋轉門，笨拙地拿著精緻到派不上用場的大餐盤，踏入第六大道的燦爛陽光底下時，不禁想起了來到這裡的第一天，經過這道門，漫步走進大樓，心中飄飄然想著，我終於得到夢想中的工作。那麼，我現在的新夢想是什麼呢？

三年後，我還在試著找出答案。為自己工作──我發現這個說法比「自由工作」來得穩重──有自由支配時間的優點；但缺點也很多，其中一點就是，**沒有可以往上爬的階梯**。這裡只有苦苦掙扎的我，在一個不再支付優渥薪水請作家報導或編輯文章的世界中，努力找到客戶。我享受過一些勝利──跟「棉鈴與枝葉」這樣的全國性品牌合作、出版墨西哥辣味玉米片食譜──也有一些重大挫敗，像是在前一年，只賺到擔任雜誌編輯時的三分之一薪水。

在準備這個月的感謝卡時，我在空白頁面上寫下「職涯導師」，然後為「職涯」這個詞而惱火。現在這段時間，這還算職涯嗎？

表達感激是拓展人脈最可靠的方式

我認為，必須要有點創意才能達成這個月的導師感謝目標。我有些做雜誌的朋友每

一、兩年就會從一家雜誌社跳到另一家，一路上為無數老闆做過事。十五年來，我只在三家雜誌工作過，就算加上實習單位也只有五家。而現在，我成了自己的老闆。

瀏覽一下自己的履歷表，從最早期的實習頭銜開始，回顧每一間辦公室，找到曾經教導過我的人。完成感謝清單的速度難以置信地快，這是本月的第一個發現——原來有這麼多人幫助我來到現在這個令我覺得尷尬的位置。

我最早遇見，也是最好的導師之一是《喬治》雜誌前編輯法蘭克．拉利，他提拔我加入協助創辦《瑞秋雷》雜誌的行列，並從此成為我實驗性想法的分享對象及知己。我盯著空白卡片，思考許多年來他慷慨付出的時間及建議。想到的實在太多了，因此，再度打破了不擬草稿的原則，隨手抓了一張便利貼，寫下簡單的時間表，記錄他曾幫助過的每一件事。

這個月並不能盲目沿用之前的做法。寫給鄰居或醫師時，兩、三句發自內心的明確句子感覺剛剛好；但面對導師，我希望能分享更多——為什麼是現在才寫（在於同一間辦公室共事的十多年後）、過往的共事時期有哪些事件令我難忘，又是怎麼影響了我。內容比起感謝卡，更像信件，有些還需要先打草稿。完成每一封信需要超過四、五分鐘的時間，可是，也很快就見證到這些付出的時間和工夫所帶來的十倍回報。

寫給法蘭克這位理想的精神導師時，我將這張信箋作為其他感謝卡的模板：「我正在回顧自己的雜誌生涯……」然後，更具體一點：「你雇用我加入《喬治》雜誌，給了我第一份在紐約市的實習工作。那年夏天，你付出如此多的時間——鼓勵我撰寫文章引言、分享點子。這是我的文字第一次在家喻戶曉（當時！）的雜誌上出現。」完成幾個密密麻麻的段落後，翻到背面，繼續寫上：「感謝你多年來的指導，你是最最最棒的。」

很快地就在信箱裡收到回覆。「妳真的太親切了。」法蘭克寫道：「在當時，我看到的是一位具有想法、原則和動力的優秀年輕人，所以我雇用了妳不只一次，而這就是編輯該做的事。挖掘年輕人才，當他們開始獨當一面，便印證了我們所做的決策是對的，於是我們成為最驕傲的導師。十分以妳為榮。」

這是我收到的第一封導師回信，之後陸續也收到幾封，正好提振我迫切需要的信心，獨自坐在電腦前過日子時，我一點也不孤獨。

寫給我的第一位雜誌老闆莉雅·哈柏曼，那是一份現已停刊多時的南加州青少年雜誌MXG實習工作：「我非常感謝妳給了我寫作的機會、花時間解釋一本雜誌如何誕生，還讓紐約市變得很酷。謝謝妳對二十歲的海灘女孩如此親切。」她傳訊息給我：「收到這張卡片遠比妳知道的還意義重大，它在我非常需要正面肯定的時刻抵達。」我想起之前在食物（七月）月分學到的一課，就是：大多數時間，人們都在生活中掙扎。還要加上一件事：雜誌人更有可能陷入低迷，就跟雜誌一樣。

說到這個，我看向履歷表最上方的《美食與醇酒》，想到那裡的導師。直覺反應應該是感謝戴娜·柯溫，她是聘用我的前總編輯，但同樣也是資遣我的人，這讓我無法為此而感激她。資遣這件事仍是心中的痛。所以只感謝了《美食與醇酒》的兩位前同事及啟發我成為旅遊編輯的莎瑪，然後迅速往履歷表下方看去。

接著感謝了《瑞秋雷的每一天》的五位同事，他們擁有我一直很欣賞、且至今仍持續仿效的那些特質。我寫給瑞秋雷本人：「每個認識妳的人都說妳是個聰明又努力的人，能親眼見證他們說得有多正確，真是不可思議。」邦妮·京澤是當時的副總裁，不管她走進哪一個房間，都帶有領導者的氣場，現在更成為了一位執行長。我寫道：「我記得無意中聽到妳和〔消音〕的嚴肅通話，但妳對她直言不諱，妳真是個狠角色。

當我需要在外展現自信、無畏、能幹且聰明的形象時，總是想試著模仿妳。」我對在龐大壓力下仍無比冷靜的執行編輯柯特妮·史密斯寫道：「妳總是如此鎮定自若——妳曾提過妳的冥想練習，我想我可以理解妳為何總是如此沉著。那是在雜誌社的一段奇特時光——壓力大、風險高——但妳是維持我們理智和鎮靜的一股能量。」對在柯特妮之前的執行編輯，風趣精明的泰瑞莎·歐路克則寫：「妳讓我對自己的想法及能力充滿自信，也讓上班這件事變得如此有趣。」梅莉·卡本特是雜誌創刊的執行編輯，充滿才華又勤快。我對她寫道：「我欽佩妳的果斷，也了解到這項特質在老闆身上有多重要。妳教導許多關於美食寫作，以及如何將故事說得更有趣的方法。」

我在這裡學到的一切從未失去，而儘管我沒有實現原先的夢想——成為雜誌社大老闆，但這些優秀女性所展現的特質仍成為我的人生養分。

梅莉現在是《食物網絡雜誌》的總編輯，她以電子郵件回覆我：「我剛收到妳的卡片，它讓我有了美好的一天／一週／一年。說真的，在郵件中發現這樣的信真是太驚喜了，我也很欽佩妳。那真是美好的過往！」隔週，我們約在經典的珍珠牡蠣酒吧碰面，她後來在《紐約》雜誌〈挖掘街頭美食〉的專欄中，寫了關於這一餐的文章，名人會在這個專欄記錄他們一週的食物。「我們找了窗邊的一張小桌子。」她寫道：「喝著新英格蘭蛤蜊巧達湯，共享一份龍蝦堡和一堆細薯條，暢談出版界的美好往昔。在這樣的夜晚，我覺得自己彷彿從出生就是紐約的一份子，永遠不想離開。」

來到給我第一份全職工作的《歐普拉雜誌》，我很訝異自己列出的導師數量有八個人——比任何雜誌還要多。那是很久以前的事——在小孩、婚姻、智慧型手機出現之前——甚至還不是擔任編輯，只是個小助理。在寫這些信時，我深刻體會到在《歐普拉雜誌》工作的那幾年真的塑造了我，也看到了這份工作與這項挑戰之間的關聯。

將近四年的時間，置身在歐普拉的正向訊息之中，被鼓勵要活出最好的人生，並且找出自己確信的事，要不被影響，**很難**。

對於歐普拉本人——我們稱她為溫芙蕾小姐——我這麼寫：「我能夠一整天沉浸在妳正向真誠、獨一無二的訊息之中，記得在一次集結所有人的全天會議，妳鼓勵我們『傾聽內心聲音』，此後我就一直實踐這件事。感謝妳招待我到四季餐廳吃晚餐，還讓我飛往芝加哥參加妳的生日。說真的，我被寵壞了吧？」我對

她最好的朋友，才華洋溢的記者蓋兒·金這麼寫道：「我欽佩妳總是對辦公室的大家一視同仁，總是溫暖地停下來打招呼——即便是已經離開這家雜誌多年，在一間自助餐廳碰到妳的時候。」

在全職工作遇見的兩位上司幾乎在各方面都截然不同。對和善、有趣、隨和的莉莎·柯根，我寫道：「對於當時二十一歲的菜鳥而言，到底有多幸運，才能在初到這座城市時就當妳的下屬？（非常幸運！）我喜歡妳不吝分享餐廳、美髮師建議，以及洗碗機鮭魚[30]食譜。妳為辦公室帶來如此多的樂趣、生活及牢騷。」

莉莎為我上了一堂牢騷課。某個週一上午，她問我週末過得如何。「太棒了！」又輕快地接著說：「呃，我週六晚上食物中毒，除此之外都很棒。」她從自己亂七八糟的辦公桌那頭盯著我：「重來，跟我一起說：**我的週末好慘，我食物中毒了。**」

另一位老闆瑪麗則更為嚴厲、容易發脾氣，我總是為此擔驚受怕，但終究還是取得她的認可（應該有吧？）。我對她寫道：「當我以二十一歲的菜鳥之姿加入時，不只青澀，還毫無頭緒。很感謝妳沒有開除我！妳在我心中是熱心工作、負責任的模範人物，我一直都以妳為榜樣。」

對於前執行編輯凱瑟琳·凱利，我則寫下：「我永遠不會忘記，站在剛入住的空蕩蕩先驅廣場公寓裡（哈！）時，諾基亞手機響起的那一刻。妳興奮地要給我第一份全職工作，當時的我應該尖叫了吧？」對於當時的總編輯艾美·葛洛斯，我是這麼寫：「謝謝妳願意閱讀我那篇迎接二十四歲的文章，而且還很喜歡它並且刊登它，這是我職業生涯的一個亮點。」

我清楚記得那篇文章的誕生過程：新一期的雜誌以年齡為主題，邀請到各年齡層的作者撰稿，我讀過所有文章、訪問這些作者、撰寫貢獻者簡介頁面（包括了不起的安·拉莫特），但是作者群中獨缺我這個年齡層的觀點，於是我花費整個週末關在套房裡，寫下應該要收錄的二十多歲展望，待週一一大早把這份不請自來的稿子丟進艾美的收件箱。稿子內容早就不記得了，那已經是十二多年前的事。從櫃子裡挖出這份雜誌，重新閱讀了一次。有趣的是，感謝卡也有在文章中出現呢。

畢業兩年後，回顧過去，感覺像是SAT測驗[31]帶來了大學期末考、大學期末考又帶來了真正的考驗。我現在了解到：即使有了野心和欲望，也未必能取得成功，而是要付出更多更多的努力。曾經犯下的錯誤有其影響；而「我忘記了」的種種推卸，並不是可靠的理由（不能找藉口）。成為親切的人遠勝於有趣的人。堅強的女性可以——也應該——委婉誠實，而不該粗暴直言（注意用詞）。察覺人們的需求、回電、變得可靠，並且好好回應自身感受到的深厚愛意（寄出一張感謝卡），是極其重要的事。

那個二十四歲的年輕人會怎麼看待我現在的生活？她會很欣慰地知道她的家庭生活很快樂，與逗她開心的大學男友結婚，有了兩個小男孩。至於職涯呢……她需要先知道雜誌業的現況——實習生不再像她所在的二〇〇〇年一樣，會在送別派對上被招待奢侈的壽司料理；不是每個編輯都有專屬的助理，事實上，大部分雜誌社現在只請「一個」助理；許多她喜歡的雜誌早已停刊；作家的稿費少於二〇〇三年她協助《歐普拉雜誌》時的每字兩美元。得知這一切，我想她會了解我的離開。她會失望我從未出版她在個人簡介中吹噓的小說。我認為她不會喜歡我接下的一些工作——關於是否應該把南瓜派冰到冰箱的文章。我想那位單純的樂觀主義者會鼓勵我繼續寫出一些更了不起、更深入、更好的東西。

寫感謝卡給導師的好處立竿見影——或許更勝於至今的其他月分。這開啟了對話，不只是跟二十四歲的我，還有前老闆和同事們。偶然發現這是最真誠、最親切的人脈拓展方式，但，為何這麼做的人如此的少？

這是不是因為——我看到了一種模式——心中覺得尷尬？

寫感謝卡沒有時間限制

在食物（七月）月分，我必須克服寄送感謝卡給多年未見的人所產生的扭捏感。而這樣的感覺在我寫給執行長和電視明星等極為繁忙的成功人物時，更加強烈。當我提到多年前發生的事，他們會不會覺得很怪？

寫感謝卡該注意的第一條禮節幾乎和時機有關——必須在一、兩週內寄出，絕對不能晚過一個月，像是禮物感謝卡或面試感謝卡，迅速寄出才是正確做法。但經過整整九個月後，我發現這些交代了事的感謝卡不適用於表達長久以來的感激。對於那樣巨大的感謝，遲來的信更顯得**意義重大**。

「這正是讓這些感謝卡與眾不同，且出乎意料的原因。」職涯教練暨媒體交流平台

Ed2010的創辦人薔卓．透納說道。我給她的卡片上寫著：「妳付出如此多的時間，努力維繫並協助我們的同業——不管是在這產業欣欣向榮，還是陷入困境、一蹶不振的時候。」

薔卓協助許多人找到工作，她告訴我，她有「一大箱的謝卡」，但是「沒有人在多年後捎來更新的消息。」

按照組織心理學家暨暢銷書作者亞當．格蘭特的說法，這本該是一個可以好好把握的機會。「導師帶來的影響很難在當下就發生。」格蘭特曾這麼說：「而是隨著時間顯現。」二〇一八年，他在推特提出一個直率的忠告：「獲得導師所給的受用指導時，不要隔天就寄出感謝卡。請經過一個月或一年

再寄，流逝的時間會突顯更深切的感激和更長期的影響。」

遲來的感謝超越一張證明媽媽有教你要禮貌的4×6英吋證據，顯示對方的言詞和行為不只在當下有效，還持續影響你的人生。延遲讓卡片變成一種驚喜、一個小禮物。

重新聯繫人生導師可能成為出乎意料的職業轉捩點

寫完給雜誌時期所有導師的感謝卡之後，我轉向過去三年的自由工作者生涯。沒錯，我是自己的老闆，但這期間是否有人曾指導過我？

沒錯，的確有。我寫給尼克．法查德。我在《瑞秋雷》雜誌創立時期結識了他，後來成為好朋友。「在我被《美食與醇酒》資遣後，與你的那場對話是我第一次覺得『好，我辦得到』。然後，你說服我寫一本讓我爸媽及老家所有人都引以為傲的食譜。」

我告訴朋友卡拉，說我對內容行銷有興趣，她立刻介紹我認識她的朋友洛德．柯茲，讓我得以了解這個行業在做什麼。「我是如此固守雜誌生涯的舒適圈，因而對下一步的事物感到害怕膽怯。」我對洛德寫道：「但內容行銷到底是什麼呢？ＫＰＩ（關鍵績效指標）又是什麼？為什麼大家都在提ROI（投資報酬率）？你非常親切地對我說明了所有事物。」

然後我想起爸爸，他成功建造了一門小生意。「你是我最重要的導師。」我寫道：「在我的成長過程中，你奉獻在事業上的精神給我深刻的印象——不管我們去哪裡，你總是在留意可以參考的範本。在卡車呼嘯而過時，匆匆記下電話號碼；總是強調做自己的主人及安排自己的行程表有多重要。我經常想到你說『銷售只是數字遊戲』的忠告。謝謝你為我打下基礎，並且一直支持我和相信我。」

在寫這個月最後的感謝卡時，我收到更多雜誌導師們的回應，知道他們是如何面對產業的崩壞。我的第一任老闆莉莎仍在《歐普拉雜誌》工作，一週三天，她也開始為名人代筆寫書及演講稿。她說：「好像說太多我的事了……呃，還有一件事，每當我看到收件匣出現妳的名字，就有中獎的感覺。妳的卡片是我這一整年來收到最棒的東西。吉娜，妳總是支持著我，我無法告訴妳這意義有多麼重大，儘管相隔了這麼多年，妳還是在這裡。」

凱瑟琳是打電話提供第一份工作的人，自從七月我寫電子郵件給她，詢問她的朋友，也就是食譜作者珍妮．羅森斯特拉的聯絡資訊時，她就成了感恩年的粉絲。凱瑟琳現在是雅多藝術村的副總，她邀請我共進午餐，當我們坐下來吃壽司時，她提議讓我的感恩年變成一本書。我曾有過這個念頭，但總覺得太過虛幻，像是空中樓閣。可是，聽到凱瑟琳這麼建議，好像這一切有成真的可能。

凱瑟琳也詢問我的內容行銷客戶，在我不經意地說出商務開發及投報率等專有名詞時，表示我是認真看待這份內容行銷事業，不再開玩笑說這份工作聽起來虛假，它已經是職涯一部分！我的公司有個名字——「摺疊刀媒體」——但沒有網站。那天稍晚，我聯絡一位平面設計師，她的聯絡資訊已被寫在便利貼上好幾個月，我委託她設計公司的商標，還有一個網站。

大約在這時候，我收到珍妮．羅森斯特拉的電子郵件。她謝謝我的卡片，並詢問感恩年挑戰的細節。凱瑟琳跟她分享這件事，而珍妮想知道她能否在她固定撰稿的部落格「一杯喬」上寫這件事。珍妮採訪我，並寫了名為〈神奇感謝的一年〉的文章。在發布文章前，我辦了一個感恩年挑戰的 Instagram 帳號，張貼至今每個月的感謝卡——這倒是頗具諷刺意味，因為這個挑戰一開始就是為了讓我遠離 Instagram！

那篇文章和Instagram帳號都得到熱烈迴響，我開始與這些人互動，體驗到社群媒體最棒也最有力的目的：找到志同道合的社群。

這讓我開始想：這個嗜好能否發展成我職涯的新階段？在一月三十一日，當我數著三十一張「城市豐收」的卡片，想到這個偉大計畫的點子時，是否就是歐普拉提到的內心聲音？這是否能帶來超乎三百六十五張卡片的收穫呢？提前破哏：它帶來了這本書。

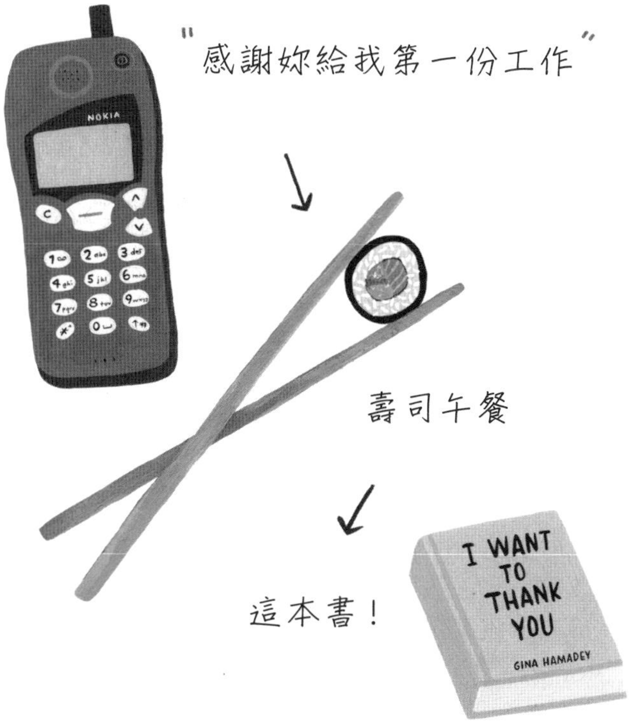

在我的職涯導師感謝月結束一年半之後，我遇到了《美食與醇酒》前老闆戴娜・柯溫，決定還是寫一張感謝卡給她。「很高興能在幾週前遇見妳，謝謝妳對感恩年挑戰和這本書如此熱情。這張感謝卡延誤了一、兩年：曾想過要在感恩年時寫給妳，但我仍是沒辦法走出被妳資遣的事，儘管已經過了許多年，儘管雜誌業開始大規模衰退（這表示，我有很多資遣夥伴）。但是，見到妳讓我想起那些年來妳給予的支持。我想要感謝妳雇用了我——這是自從我二十多歲見到莎瑪後的夢想工作。雖然它只持續了三年，我依舊對於獲得這份工作感到開心及感恩。這份工作打開了我的視野，能在辦公室及世界各處與如此出類拔萃的人共事。妳的高標準讓我成為一個更好的記者、編輯和作家。謝謝妳幫助我成長。謝謝妳在主編專欄向我致意——真令人激動萬分。謝謝妳在我離開雜誌社後，仍舊邀請我撰寫專訪文章。謝謝妳一直為我加油。妳當時是我的導師，現在也是，對這一切感激不盡。」

而她的回覆是：「非常感謝妳先前的感謝卡……妳誠實地透露了在多年後，妳還無法完全走出傷痛，卻寬宏大量地把它擱在一旁，這讓我熱淚盈眶。我帶著這張卡片搭飛機／火車／汽車，等著有時間能以紙筆回覆妳。但我想這應該不會實現了，所以就在這裡回覆。謝謝妳，真的，非常謝謝妳。妳在《美食與醇酒》的時候嶄露了無比的才華，我也不樂見這個團隊失去妳。妳擁有獨特又珍貴的觀點。那些裁員是我們不幸的開始。我很高興看到妳茁壯成長……建立自己的事業……成為一位啟發人心的領袖／媽媽／人。」

儘管轉述她的讚美極不自在，但我還是這麼做了，我想表達的是，感激可以治癒受傷的人際關係及自尊。當猶豫不決的時候，就感謝吧。

30 洗碗機鮭魚，利用洗碗機洗程烹調的菜餚。以密封袋或器皿等密封調味好的鮭魚，置入洗碗機內，利用洗碗機低溫烹調、溫度穩定的特色烹煮。

31 SAT（Scholastic Assessment Test，學術水準測驗考試），由美國大學委員會主辦的大學入學能力測驗，作為美國各大學申請入學的參考條件之一，有時也是申請獎學金的篩選標準。

如何寫感謝信給人生導師

這是拓展人脈最真摯可靠的方式，你還在等什麼？

1. **想好再寫。**雖然我通常建議不必用過於嚴謹的態度來寫感謝卡，但寫信給導師（就是在人生不同時期，用了許多方式幫助過你的人）往往需要更縝密的規劃。引用我一名導師，編輯蘇珊·強斯基的說法：「寫作最重要的部分在於思考。」

2. **解釋為何這麼做。**分享一個開場白的好方式，你可以簡短說明在過了許多年後，才寫這封信的原因。以下是我實際採用的一些開場白：「或許這是因為我快四十歲了，也或許是因為我已經從雜誌階段過渡到另一個階段——無論如何，我一直在回顧早期的職業生涯，然後想到了你。」、「我抵達了一個小小的里程碑——離開上班族生活滿四年——我回首過去，想找出一路上曾提供幫助的人。」

3. **回憶對方是怎麼幫助你。**可能是他們給予的忠告、介紹的友人，或是示範的榜樣。一如既往，說明得愈明確愈好。

4. **提及他們對自己的影響。**可能是改變了你的職業道路，或是給予你幾乎每天受用的啟發。把他們很久以前提供的指導，融入現在這個當下。

第十章

寫粉絲信 重新連結往日自我

| October：書籍 |

好處：寫信給偶像讓你記起自己是什麼樣的人。

驚喜：有時英雄會回信！

寶貴一課：圖書館員和老師是真正的英雄。

大家都說絕對不要和你崇拜的偶像見面，這樣才不會破滅，不過，你還是可以寫信給他們。

我的書籍月分以寄給書籍作者的粉絲信組成。身為紐約客，我已經被訓練成會強制自己不看街上的名人，留給對方空間，避免過度奉承，因此，寫粉絲信這件事感覺讓人很不自在。不過，我已經在七月寄出有史以來第一封粉絲信，是寫給我最愛的食譜作者和美食回憶錄作家，並沒有我原本害怕的那麼尷尬。我不是在機場打擾別人，索取簽名，只是單純向才華橫溢的對象表達我的欽佩之意，分享閱讀對方作品的感受，並為此感謝他們。

只是，我擔心花一整個月寫信給陌生人，會顯得冷淡疏離，而且老實說，相較於過去幾個月與他人深度互動，建立全新連結並修復舊時連結，這個月可能會有點無聊。

寫信給偶像讓你記起自己是什麼樣的人

十月時，我獨自在外午餐，在窗邊坐定後，便開始進行列出「我最愛的作者」的任務。浮現在腦海的名字不計其數，我攤開一張棕色餐巾紙，用筆匆匆寫下。珍．奧斯汀、羅貝托．博拉紐、托妮．莫里森、薇拉．凱瑟、伊迪絲．華頓、加布列．賈西亞．馬奎斯、華萊士．史蒂文斯、瑪麗．奧立佛。最先面臨的挑戰是，已故作者無法收信。接著，又浮現另一個問題：將歷年喜愛的所有作者列入清單，會是一個嚇人的大工程。我知道我會沉迷其中，不斷修改或想東想西，而這會妨礙我動筆寫下感謝卡。

為了克服這個難關，我重新檢視清單，把標題從「我最愛的作者」改為「我最愛的書」。選出三十一本書，再感謝它們（還活著）的作者，這樣似乎比較好執行。我筆速飛快，心中想著最近幾個月看完的書（《骨時鐘》、《親愛的茱麗葉》、《回家之路》、《垃圾場長大的自學人生》、《渺小一生》、《在世界與我之間》）、我喜歡的系列書（《哈利波特》、《黑暗元素》），以及兒時愛書（《保姆俱樂部》）。從一個類別跳到另一個類別，從懸疑小說（所有塔娜·法蘭琪的書）、回憶錄（佩蒂·史密斯的《只是孩子》），再到實用指南（我一開始就是專業整理師近藤麻理惠的信徒）。

午餐結束時，我已經完成了初步清單——後來的確有些更改，但並未花掉太多時間。我劃掉艾琳娜·斐蘭德的那不勒斯故事四部曲，以及唐娜·塔特的《金翅雀》，因為前者的身分成謎，後者則是出了名的低調。

那天晚上，在孩子上床後，我開始著手第一封信。我寫給大衛·米契爾，提及他的作品《骨時鐘》，試著要形容我有多喜歡這本書。「情節緊湊、角色豐富、充滿想像力的故事設定。我不願寫得像是書評一樣——但我希望你了解，閱讀這本書真的是一種純然的享受。」

呃，應該可以寫得更好。

再試一次。這次從剛讀完的書開始，是瑪麗·安·薛芙的《親愛的茱麗葉》。我把小說拿在手中翻閱，心中想著喜歡這本書的原因。我重讀了一次後記，這裡提及作者在寫完書之前就離世了，因此是由作者的外甥女安妮·貝蘿絲接續完成。

「親愛的貝蘿絲小姐：」我開始寫道：「我寫這封信是想告訴妳我有多麼熱愛《親愛的茱麗葉》，這本書帶給我純粹的喜悅，我已經有好多年沒有感受到這種輕鬆愉快的閱讀樂趣了。我也一樣喜愛妳寫的後記。感謝妳如此繪聲繪影地述說妳阿姨的故事。我很高興得知她『樂意被人取悅』，我覺得自己也有那樣的特質，而我相信它是我最美好的一部分。」

寫下這句話時，我感覺到文字**正中紅心**的那種刺痛感，這應該就是本月感謝卡的終極原則：粉絲信必須展現一定的**個人細節**，不必是為了收件者而寫，應該是為了自己而寫。我知道即使這些作者沒有隱居，有些信還是會卡在經紀人的辦公室，或是埋在成堆信件內。J·K·羅琳會看到信嗎？我正在浴室裡製作變身水嗎？當然不可能！那麼我寫信給她的目的是什麼呢？

「這些年來，哈特波特帶給我非常多的收穫。」我寫道：「我把它們列成短短的時間表。」我標示出自己開始閱讀她作品的年份（二〇〇一），以及我徹夜沉迷於《哈利波特：鳳凰會的密令》，放棄在剛搬入的套房內拆箱整理行李（二〇〇八年，「我和妹妹舉辦了第一場『哈利波特馬拉松派對』（後來還辦了一次），我們從上午七點開始播放全系列電影（當時已上映的那些），直到午夜。這一整天，朋友們來來去去，帶來南瓜餡餅或『康尼留斯・夫子[32]』牛奶糖。」我寫下各個時間點的重要事項，像是哈利波特推出有聲書的那一年，我累人的通勤行程變得輕鬆許多；還有我跟妹妹及一群好友，以哈利波特的百老匯音樂劇為完美的紐約一日遊劃下句點——在為信件署名前，我寫上「謝謝妳向這世界分享妳美妙的想像力和才華，這帶給我無盡的快樂。」我原本還想再加上最後一個時間點，註明希望能念這些書給兒子聽的那一天。但這是我十多年來的夢想，我可不想烏鴉嘴。

我把信寄到學樂集團出版公司[33]網站上列出的地址，心知它可能永遠不會抵達J・K・羅琳手中。但這封信已經完成它最重要的目的：讓我重溫自己和這部作品的關係，並為此致敬。

確定這個目的後，我開始重讀每一本書的精采段落，思考一開始為何喜歡這些書，以及它們日後又是怎麼影響我。我在寫信時，一直惦記著本月的重點方針：**寫下個人**

細節。

致佩蒂．史密斯，看到她的名字讓我欣然一笑。我寫道：「《只是孩子》是我的寶物，我在伯克夏的婆家放了一本，每當有機會獨處時，就會拿起來閱讀。我喜歡一睹一座城市在被我擁有之前的風貌。我欣賞妳以這本書向人們致敬的做法——當然，先是向羅柏．梅普索普[34]致敬，還有妳父母和妳自己。謝謝妳的創作熱忱，使妳的藝術和創造力發揚光大。PS：我錯過了妳在聖亞拿聖三一堂的朗讀活動，因為我四歲的孩子哭號著要我留下。（他那時還在適應成為哥哥的生活，非常黏人。）希望未來還能聽到妳的朗讀。」

我拿起另一本喜愛的紀實作品《在世界與我之間》，我對作者塔納哈希．科茨寫道：「作為一個男人身分的你，或是作為一個父親身分的你，是什麼感覺，我一無所知。對於撫養孩子長大，我憂心忡忡——感謝你闡述你心中的恐懼。我會在我的孩子年紀大一點之後，念你的書給他們聽。感謝你分享你的觀點，也謝謝你絕佳的文采。」

我將曾經提供給我各種育兒、飲食及整理方式的指南堆成一疊。我對移居巴黎的美國媽媽潘蜜拉．杜克曼寫道：「我家老大一歲時，我埋頭於一堆老套乏味的育兒書籍之中，而妳的《為什麼法國媽媽可以優雅喝咖啡，孩子不哭鬧？》成了一股清流。我經常想起書中的建議，思及妳說應該給孩子多一點機會，嘗試喜歡上新滋味。我先生是在巴黎向我求婚的，所以能在育兒過程加入這些巴黎觀點，讓人非常開心。」

再回到二〇〇六年，早在「自由放養」和「草飼」進入我們的生活之前，珍古德，對，就是**那個**珍古德，便撰寫了《用心飲食》這本具有先見之明的飲食行動號召。我對她寫道：「真難想像十年前的我從來沒有思考過盤

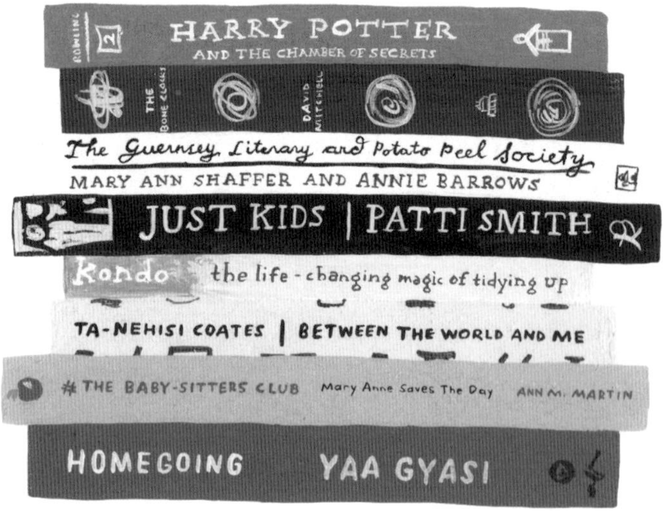

中食物來自何處，而我當時甚至是美食雜誌的一員！妳的書改變了我終生的購物和飲食習慣。我現在每週都到農夫市集採買，用購物籃中的農產品規劃一家餐食。謝謝妳超前時代的洞見，也謝謝妳願意分享自己的觀點。」

我也寫了類似的感謝信給地方食物回憶錄《自耕自食・奇蹟的一年》作者芭芭拉・金索夫，我告訴她，我是「在已經解散的飲食讀書會中讀到這本書，我不知道是不是所有的讀書會都會解散，但我的確實是結束了！」

我向《侍酒之人》的作者比昂卡・波斯克坦承，自己多次想成為葡萄酒專家，但總是失敗。「多年來，我一直想要好好學葡萄酒——在海外留學及二十多歲時，都曾報名上過課，但留住的知識太少。後來，我開始在《美食與醇酒》工作，才發現這些酒類專家真是遙不可及。妳的書教會我許多關於葡萄酒的知識，而且讀起來充滿樂趣。顯然妳為它付出了極大心力——謝謝妳！」

寫給近藤麻理惠的信，令人莫名地情緒激動。想像我和她兩人坐著喝茶，透過一旁的口譯員跟她說起感恩年。「我在想這一年的挑戰是不是從妳的書開始的……」接續寫下：「在我兒子一歲半時，我進行了一次怦然心動的大掃除。最近則剛被裁員，正好從育兒的第一年，過渡到成為全職媽媽的新生活，同時也調整了未來的職涯方向。妳的整理魔法有宣洩淨化的作用，我珍愛那些剩下來的東西——這是我真正寶貴的物品。現在，已經來到感恩年挑戰的最後階段，我逐漸了解到，自己整理記憶的方法，和妳傳授整理東西的做法很相像。我捨去了雜音和沒營養的想法，以便向最珍貴的人們和回憶致敬——也藉此向自己的人生致敬。」

我花了一些時間回溯自己剛踏上閱讀旅程的記憶。小學二年級時，我看完了當時人生中最厚的一本書《海蒂》，那是一本海軍藍的紋理布面精裝書。我躺在粉紅色鬱金香床單上讀完了它。我虔誠地捧著《海蒂》，心中想著有朝一日我也要寫一本書，但是我無法想像如何用打字機打出這些書頁上的眾多文字。於是決定先寫一點點，開始在粉紅色的小筆記本上隨手寫出短短的故事。

之後，我津津有味地看了一本又一本：《小婦人》、《藍色海豚島》、《瑪蒂達》、《祕密花園》。四年級時，我發現了《保姆俱樂部》系列，這是我怎麼都看不膩的書。而就像八〇年代後期美國各地的孩子一樣，我試著和朋友凱蒂創立自己的保姆俱樂部。

我對作者安·M·馬汀寫道：「是的，在我九或十歲時，《保姆俱樂部》就是我的全

世界。現在的我快四十歲了，還是記得當初收到新書時有多興奮（是郵寄送到的，因為我當時還是靠書末的訂購單買書！）這些書是我的一大慰藉，我沉浸於這些女孩擁有的堅定友情；熱愛她們的聰明和勤奮。我對瑪麗安的害羞、克勞蒂亞的藝術家氣息及史黛西的家庭狀況（我想是她的父母離婚了？）產生共鳴。我一直都喜歡閱讀，但這套作品讓我更確定了這一點。感謝妳創造了這個世界，寫出這些書。」

爸媽一開始就離婚的人其實是唐恩。儘管有些細節已模糊不清，但這套書在我心中留下的感受卻依舊清晰。

我想要為我的孩子培養同樣的閱讀嗜好。希望他們能找到那本想要徹夜讀完、隨時帶在身邊的書。除此之外，我一直在找尋教導亨利感恩的方法，所以我帶他加入這個挑戰。事實上，他唸出十一個感謝訊息給他喜愛的作家，只用了我寫一封信的時間——又是一個意外的收穫。

有時英雄會回信！

亨利對這個挑戰興致勃勃。我請他從書架上拿出他最珍愛的書，他努力疊起他的書堆。我也給了他一些引導——阻止他拿出小金書[35]版的《獅子王》，提議（但不強迫）我喜歡的幾本書。

我們坐在廚房餐桌前，他一本接著一本說出對作者的感謝訊息（他堅持以全名稱呼），然後簽上他歪扭的名字，我則在他的署名旁邊加上他的年紀——五歲半。

「親愛的卡狄爾．尼爾森。」他說：「我愛你，因為我愛《寶貝熊》，因為它真的很漂亮。我愛你畫的月亮。」

「親愛的黛芙．貝蒂，我愛妳，而且我愛《我不要當一隻青蛙》，因為我愛裡面的豬，還有其他的東西。我覺得它很有趣，讓我會想到青蛙。狼對它們有點親切，因為青蛙總是黏答答的。」

「親愛的約書亞．大衛．史坦，我愛《我可以吃那個嗎？》因為它真的很有趣。我認識裡面所有的字。我愛海膽那部分——我後來就去吃了。這讓我非常開心。我喜歡吃海膽。我有個問題要問你——你喜歡吃甜甜圈嗎？」

我們以幾乎每天都會提到的那本書做結尾，亨利對此說道：「親愛的奧黛莉・潘恩，我愛《魔法親親》，因為它總是讓我很快樂。我難過的時候，它讓我心情好一點。在學校，我會給我弟弟、我媽媽和我爸爸一個魔法親親。他們也會給我一個魔法親親，這樣我在學校就會開心。」

不需要我的詳細說明，亨利就已經充分理解我剛學會的，怎麼寫出好粉絲信的原則：寫出個人細節。或許是因為這些信帶有親密感，雖然很短，卻仍感動了一些給出回音的作者。

黛芙・貝蒂送來一個貼著青蛙貼紙的包裹，貼紙上有她加了愛心的簽名，裡面有五張青蛙在說話的書籤：「我在這本書裡做什麼？」，還有一封手寫信：「親愛的亨利：非常謝謝你聯絡我！我非常高興你喜歡青蛙這本書。這個傢伙寫起來很有趣，因為他有點笨，卻一直問些大問題⋯⋯有點像我！我也喜歡豬，他讓我微笑。閱讀愉快！你的朋友，黛芙。」

《魔法親親》的作者奧黛莉．潘恩則以打字的信件回信，解釋了這對浣熊母子的故事由來：

當我兒子比你還小一點的時候，我和他白天會去我們最愛的公園。第一件事就是買票去搭穿過整個森林的紅色嘟嘟火車。我們快抵達終點時，火車停了下來，因為有一隻動物在鐵軌上休息。我以為那是鹿，所以趁火車司機離開去找巡邏員時，躡手躡腳走到火車前方偷看。原來擋住我們的根本不是

家族最愛

粉絲信

作者回音

鹿，而是一隻巨大的母浣熊，我非常驚訝。我又躡手躡腳退到後面，以免嚇到這隻已經嚇到我的浣熊。我的視線往下看，此時，我見到了小浣熊。後來，才知道那隻小浣熊只有一個月大。我看到浣熊媽媽牽起浣熊寶寶的手，撐開它，然後彎下身來親吻寶寶的手掌，在他的掌心留下她的氣味。浣熊寶寶接著把他的手放在臉頰上。過了一會兒，小浣熊湊過去，也給了浣熊媽媽一個魔法親親。這真是魔法時刻。祝你和家人有個美妙的假期，也繼續給彼此魔法親親。亨利，再次謝謝你寄來這麼貼心的信。

許多擁抱，

奧黛莉．潘恩

隨信還附上一本《浣熊奇奇在外過夜》，以及一本關於家裡有了弟弟的繪本《用不完的親親》。

收到寄來的禮物，亨利當然是興奮極了。當我念奧黛莉．潘恩的信給他聽時，他全神貫注地安靜聽著，而不是跟往常一樣一直摳指甲或擺弄袖子。我讀完後，他親吻我的掌心——這就是魔法親親。我問他，對這封信有什麼感覺。「讓我想要更常做魔法親親。」他說：「而且讓我非常快樂，因為能跟寫書的人有了聯絡。」

收到這些包裹，正好印證了我們所愛的事物都有人在背後支持。《培養感恩的孩子》的共同作者賈科莫·波諾曾告訴過我，形成這種連結很重要。

至於我感謝的作者，則如同我預測的，很少回應。比昂卡·波斯克給了我一封非常親切的電子郵件：「我只想對妳友善的信，給予一個非常（非常）遲來的感謝，收到這封信對我意義重大。謝謝你閱讀《侍酒之人》！我很榮幸知道它影響了妳的葡萄酒旅程，也謝謝妳花時間寫信給我。」另外，我還收到珍古德和芭芭拉·金索夫客氣的制式感謝信。

這些回覆讓人愉快，但寫粉絲信真正的好處是在寫信的過程。與喜愛的書本交流讓我重新連結了自己最真實的樣貌，也就是那個誕生於鬱金香床單上的小書蟲。

小時候，我們熱愛著那些喜歡的書本、歌曲、電影，把錄音帶聽到壞掉、抄下歌詞、在發行日排隊一整天等著買到它。這些藝術在我們身上留下痕跡，幫助我們定義自己是什麼樣的人。熱情可能會隨著年紀而減弱，但如果我們花時間觀察，會發現這些印記依舊存在。寫信給作者提醒我，我仍然有能力以兒時的溫柔真誠去熱愛書籍。

圖書館員和老師是真正的英雄

儘管社群媒體是逐漸往成癮前進的斜坡，但它偶爾也會成為人與人之間的美好連結。開始在Instagram貼出感恩年文章兩週之後，我收到這則私訊：「謝謝妳的啟發。我是一位高中的圖書館員，今天是我們的第一個感謝星期四，學生可以在午餐時間到圖書館寫感謝卡。一切用品皆由學校提供，再由圖書館的工作人員負責幫學生遞送卡片。這真是棒極了的第一天！」

我立刻回了訊息，興高采烈向她詢問更多細節。因此，我和T·C·威廉斯高中的圖書館員貝絲·莫奇開始通信，這間學校位於維吉尼亞州亞歷山卓市，是一間擁有四千名學生的大型高中。

幾個月後，貝絲告訴我，老師們開始「邀請我進教室帶領學生寫感謝卡」。她還傳了幾張照片，顯示學生坐在桌子旁，神情專注地低頭寫手中的卡片。我好奇，這都是寫給誰的呢？是不是有些學生會每週重返圖書館進行感謝星期四活動？他們是否感受到和我一樣的收穫？

我問貝絲，我能不能到他們學校了解這件事。得到校長的許可之後，她邀請我到校參觀，時間就訂在刑事司法老師準備帶領學生進行感謝卡寫作課程的那一天。

我決定帶亨利一起去，以獎勵他一直以來的幫忙。我們搭乘開往華府的火車，然後搭計程車到學校。貝絲帶著燦爛的笑容在校門口迎接我們。圖書館外頭有個「感謝星期四」的標示，而館內的一張木桌上放滿了卡片和筆，還有一個立牌寫著：「你最近感謝過別人了嗎？」

貝絲向我介紹克莉絲·高登老師，

她帶的十二年級生正好依序抵達圖書館，坐在圍繞各個小桌子的凳子上。「嗨，各位早安。」高登老師說：「耳機拿掉，手機關好，電腦關掉。」

貝絲向學生解釋，她是在看到「一杯喬」部落格提到感恩年的一篇文章後，才開始了感謝星期四的計畫。她承認，大部分學生最初都充滿懷疑。貝絲回想起高登老師之前在這裡進行的一堂課，她說：「我要老實說，那堂課的所有學生剛開始大概都是這麼想：**呃，真的嗎？我們要這麼做？**但到最後，大部分的人都寫了不只一張卡片。」

貝絲說明，圖書館團隊會負責遞送給學生和老師的感謝卡。她拿著白板筆，請學生腦力激盪有誰可以感謝。她在白板匆匆記下學生高喊的對象：「朋友、老師、教練、家人、重要他人、導師、榜樣、兄弟姐妹、同事、很久不見的人、工友、公車司機、宗教領袖、社區領袖。」

一名女孩建議：「在食堂工作的人，我的老天啊，要應付那些粗魯的奧客！」

另一人說：「妳要把高登老師加進去嗎？」

「不！」高登老師說。

學生拿了卡片和筆，開始書寫。

我四處走動，而亨利緊緊跟在我後面。我走向一個看來很自信的學生，她在我自我介紹時，露出鼓勵的微笑。

「妳要寫給誰？」我問。

「我所有的老師。」她回答。我問有多少人，她說十一人。

了不起，那就不吵她了。我走到另一桌，然後看見一個信封寫著「給我的死黨」。

「你的死黨是誰？」我問。

「一個從小學就認識的朋友。」戴著棒球帽的男孩說：「他總是在我不想上學時，督促我出門。九年級時，我根本不想來學校，他就會到我家門口，他就住在一條街外。他會確定好我已經準備要上學，確認我真的到學校。我寫了卡片謝謝他讓我留在校園，完成學業。」

「你以前感謝過他嗎？」我問。

「只有口頭感謝，但我認為寫卡片的意義更重大。我想，因為寫下的東西可以永久保存，而說出的話很容易就會忘記，讓卡片顯得比較重要。」

一名女孩跑到我們這一桌，給了一名男孩一張卡片，對方剛剛才寫了卡片給她。「我要寫一張真正的卡片給妳。」他說：「剛才那張是開玩笑。」

另一名女孩告訴我，她去年上過高登老師的感謝星期四課程。「後來，我寫了一些感謝卡給教堂的成員。」她說：「感謝他們的陪伴，感謝他們的照顧，以及感謝他們為我祈禱。」

我看到一名女孩寫了一整疊卡片，她指著坐在隔壁的朋友說：「我寫了一張卡片給她，寫了一張給高登老師，以及住在北卡羅萊納的一個朋友。我還要再寫三張給其他的朋友。寫著寫著有點停不下來，寫給朋友時，就好像我有很多值得感謝的事，這些朋友有很多值得被感謝的事。我想我應該要感謝愈多朋友愈好。」

我問了一開始的那個女孩，因為她要寫給十一個老師，不知道目標完成了多少。「其實我還在寫第一張。」她說：「寫給高登老師的內容真的非常長。說真的，我剛提到她的課是怎麼改變了我的人生。在上這門課之前，我不知道自己的人生要做什麼。但，現在我想要攻讀犯罪學，希望可以加入美國聯邦調查局。我還有寫到她很關心我們的心理健康，在我們需要的時候，也可以隨時找她談心。她教導我們的不只是學校的知識，還有一生受用的重要價值觀和事物。我從未遇過像她這樣的老師，大概也不會再遇到第二個。」

我發現，許多學生都在感謝高登老師。一名女孩透露她寫的內容：「我覺得沒有人相信我，沒人認為我可以**成為**大人物，但是老師她卻相信，她從去年開始就一直相信著我。」然後她說：「我痛恨這間學校。」

「為什麼？」我問。

「這裡有太多人了，走廊太擁擠、大家都盯著彼此看。這對我來說實在太無法忍受了。我明明是個擅長交際的人，但在學校卻很沉默，獨自一人。不過，我很尊敬高登老師，如果我回來這間學校，她會是我第一個想找的人，因為她真的影響了我看待事物的方式。在真實世界，事情不會一帆風順，而她沒有美化這件事。她給了我各種忠告，讓我想了很多。雖然現在我還沒有真的**準備好**，但我已經在準備了，如果這說得通的話。」

我走向高登老師，詢問她帶學生來這裡的理由。「這是一個從學科學習中轉移注意力的好方法。」她說：「大家都需要休息。我們花了很多時間在考試，卻對於一些生活的技巧和照顧彼此情緒的需求視而不見，或是從未教過。這裡有許多孩子有家庭問題。有兩個孩子最近面臨了死亡事件，也有家人問題和升學問題。能夠偶爾後退一步，然後說，我們來做點別的，做一些讓自己開心的事，這樣很好。」

在下課前，貝絲要大家清楚寫出收件者的名字——姓氏和名字都要——然後把卡片放進籃子。圖書館員會在當天稍晚遞送卡片。

「我們會匿名把這些卡片放進教師信箱，也不會透露原由。」貝絲解釋：「去年有人來找我，告訴我：『早上我來工作時，感覺自己不在狀況中，也不想待在這裡。但是，我看了自己的信箱，發現這張突然冒出來的卡片。』這改變了那個人一整天的心情。這真是太神奇了，一個學生坐在這裡寫卡片，最後卻啟發了某個人。我喜歡這種感覺，我喜歡把這些卡片放進信箱，猜想這會為收件者帶來什麼影響。」

一名負責櫃臺、名叫蘿瑞爾的女性補充：「我認為貝絲創造了讓感謝卡成為常態的文化。我更常從其他老師那裡收到卡片，也更常寫給他們。剛剛有個老師留了一個小禮物在我的桌上。我的反應是：『你為什麼要這麼做？』然後她說：『我只是覺得妳很親切！』所以我塞了一張卡片到**她的**信箱，我認為圖書館這個計畫培養了感謝的文化。」

當鐘聲響起，有六名學生在離開前給了高登老師卡片。痛恨這所學校的那個學生說：「我的十二年級要留級，才不用離開妳。」

高登老師回答：「妳也對我很重要。」

另一群學生帶著午餐依序進來，有些人隨意坐下，開始寫卡片。我問貝絲，在這項計畫的過程中，是否有注意到其他正向改變。

「有個學生曾說：『我從來沒有收到過感謝卡。』這項計畫已經成為學校文化，於是他們開始收到卡片，那個時刻對他們真的影響重大。」

「而且，」她繼續說：「有些學生剛開始認為自己沒有想感謝的人，但後來卻發現他們其實有。我認為這很美好，這是人生的一課：從自己所在的地方後退一步，了解你所感激的事。」

當我和亨利準備離開的時候，貝絲給了我們兩人一張卡片，這是她趁我們和學生說話的時候，偷偷寫好的。她在卡片中謝謝我當初給她這個主意，同時感謝我和亨利遠道而來。

那天下午，我和亨利坐在回紐約的火車上。我原本打算寫幾張感謝卡——畢竟，火車是理想的寫作地點。但是，我們反倒拉起兩人之間的隔板，依偎在一起，用整趟車程閱讀《哈利波特：消失的密室》。

「我認為五十年前打開密室的人是佛地魔。」他悄聲對我說。

「你猜對了！」我告訴他，驚訝到無法保持淡定。

「真的嗎？」他的語氣透露出驕傲。「我的老師說，好讀者會猜到接下來的劇情。」

「如果你願意，你會成為一個了不起的讀者。」我說，在此刻默默感謝亨利一年級的布魯諾老師。

32 康尼留斯·夫子的原文為「Cornelius Fudge」，其姓氏「Fudge」也可指英式牛奶糖。

33 學樂集團（Scholastic）是總部位於紐約市的跨國出版、教育和媒體公司，也是《哈利波特》系列在美國的出版機構。

34 羅柏·梅普索普（Robert Mapplethorpe，一九四六～一九八九），美國攝影師，擅長黑白攝影，曾展示以SM為題材的同性愛作品。他曾與佩蒂相戀，兩人後來成了終生好友，他的死亡促成佩蒂寫下《只是孩子》。

35 小金書，美國於一九四二年推出並發行至今的知名童書系列，當時的繪本價格高昂，而小金書以便宜的價格讓繪本成為可以負擔的商品。

如何寫出好的粉絲信

1. **找出你的藝術熱情所在**。對你來說，可能不是書籍，或許是音樂、戲劇或電影。
2. **迅速列出清單**。不要一一排名你喜歡的專輯、戲劇或表演，寫下你心中最快出現的作品。
3. **重溫舊物**。回顧這些作品，回憶你喜歡它的原因。
4. **讓信件帶點個人細節**。就算是寫給陌生人，還是可以寫出真誠的感謝，並加上具體的私人故事和感受。
5. **找出地址**。對方的網站通常會列出地址——不是作者的，就是經紀人或編輯的地址。如果只有電子郵件信箱，就寄信詢問他們最佳的收件地址。

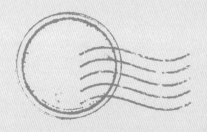

第十一章

對家族成員表達感謝，增進彼此的關係

| November：家人 |

驚喜：寄送佳節明信片，延長節慶感。

寶貴一課：表達感激能化解一切傷痕，帶來改變。

好處：感謝卡可以建立信任感。

感恩年只剩兩個月了，我感到既興奮又精疲力竭。在職涯（九月）和書籍（十月）月分的感謝卡更像是信件，比其他月分寫的卡片內容都更長、更仔細，而且除了寫卡片之外，還得同時開發新客戶及接下新工作。

隨著年末的重要節日到來，我的焦慮不自主地湧現，一如往年。十一月充滿家族活動，這表示我得打包、籌劃和舉辦派對。我們要在退伍軍人節去我爸爸家，然後迎接我媽媽一起過感恩節——雖然感恩節的歷史令我背脊發涼，卻很欣賞它和感激的關聯。過去十七年來，我很享受在婆家的公寓度過感恩節，但今年公寓在整修，所以是第一次由我們作東招待大家。還得拜訪我媽媽那一邊的親戚，共進感恩節後的週日早午餐。

在充滿派對的兩個週末結束後，依舊無法好好放鬆下來，而是必須立刻投入準備聖誕節、光明節及新年計畫。我要怎麼在這一團亂中完成感謝卡呢？

去年年末一連串的節日讓我有種難以招架的感覺，過去帶給我快樂的裝飾品現在只會令我惱怒。一月時，坐在前往紐澤西的寧靜火車中，這種寂靜獨處反而才像是最大的禮物。而我把這段時間浪費在社群媒體上，最終促成了這個挑戰的誕生。

今年，我希望先前沉浸於感激心情的十個月時間，可以將以前的惱怒轉化成一種更正向、更放鬆的態度，好迎接節日到來。我想要享受佳節，重新找回它在我兒時帶來的魔法。

至於以家人為主題的感謝卡，我有個讓它們更容易完成的計畫。

寄送佳節明信片，延長節慶感

來到感恩年的這個階段，我已經相當擅長找到什麼格式最適合哪一批收件者。在決定如何感謝家族成員時，我知道寫三十一張包羅萬象的感恩信會太嚇人。我已經在想要寫給我媽媽什麼，從無數的時刻中選出最重要的，感謝她為我準備奶茶、剪掉《熱舞17》VHS錄影帶上最鹹濕的情節，還要感謝她什麼？給了我生命？還有，呃，其他所有的一切？

這讓我想起在朋友（三月）月分，當時我把舊照片改造成「還記得那時候的我們……」明信片。照片內容成為卡片靈感，同時也是一場懷舊之旅。況且明信片有限的寫作空間讓任務更可行，就算我想，也**不可能**鉅細靡遺述說我們之間的關係。

在家人月分，同樣也可以翻出舊照片，但我有另一個主意。這個月會和這麼多親戚見面——何不記錄我們相聚的時光，再把**這些**照片做成明信片呢？可作為當下的紀念又能兼作佳節卡片。

而且，這麼做還有額外的好處：我得等到月底才有辦法寫卡片，也就是要等到所有慶祝活動都結束再開始，這給了我一些喘息的空間。

家人月分的活動從退伍軍人節展開，屆時我和傑克、亨利、查理會飛往佛羅里達，與爸爸、他的伴侶、我的妹妹和弟弟共度週末連假，我小心翼翼地拍了所有人的照片。

回到家後，我的節日模式全開，為我媽媽的來訪，以及接連到來的週四感恩節及週日早午餐派對做好準備。兩場派對都非常棒，相當感謝所有參與的賓客。

我確保自己拍了許多團體照——這是我從來不記得要做，之後總是有點懊悔的事——以及更多親密時光，像是查理親吻我舅舅的禿頭，表親們一臉酒足飯飽，赤腳斜倚在沙發上，而亨利就睡在他們中間。

捕捉這些跟每一、兩年只會見到幾次的家族成員相處的甜蜜時刻，改變了我對節日的看法。我沒有四處遊蕩，而是**環顧**四周。我在找值得拍下的特別時刻，因此看見了更多東西。看到有人清洗盤子、有人和我的孩子玩，在我心中，已經開始寫起感謝卡了。這是完全不同的款待方式，我必須深植於聚會當下，而非只是單純舉行派對。

在月底寫出三十張明信片感覺不像是苦差事。一部分是因為相較於寫給朋友的明信片，這些明信片不需要做太多勞作。我在厚紙卡上印出這些照片（謝謝一家叫做「藝術復興」的公司），因此不必再以郵寄標籤加固照片。只需要劃上垂直線，在卡片左方書寫訊息，右方貼上郵票、寫好住址。

先從退伍軍人節的照片開始。「親愛的布麗琪：」我在她和孩子們的合照背後寫著，同時入鏡的還有假裝是太空火箭的紙箱。「謝謝妳陪我的孩子在紙箱裡玩了好個幾小時。妳對他們的耐心及深沉愛意是最好的禮物，真的讓我很感動，謝謝妳是一個這麼棒的阿姨。」傑克拍到一張我爸爸在教亨利釣魚的照片。「感謝你幫我看著孩子。」我寫道：「他們都很崇拜你——我也是！」

在感恩節那批照片中，我寫給我的姻親們，感謝他們「基本上包辦了整個感恩節的食物」；還寫給傑克的一個堂哥蓋瑞，謝謝他「美味的地瓜派！我隔天還吃了一些當早餐。」我也感謝了我義大利家族的成員，包括阿姨蜜亞，謝謝她為週日早午餐帶來好吃的肉丸和臘腸；謝謝表姐珍親切對待我的孩子；表妹瑪莉帶來她「活潑的能量以及黃色笑話」。

我已經在旅行（八月）月分學到了，於旅途結束後寄出感謝卡可以延長餘韻。同樣地，看著這些照片，沉浸在對家族成員的感激之中——因為他們的幫忙，或是因為他們樂意出席，並顯得從容自在——都可以強化並延長節日帶來的美好感覺。

沒錯，我的節日季節以滿溢的美好感受及幾乎不存在的焦慮感揭開序幕，已不像去年一樣覺得難以招架和憂鬱。不過，在新年之前的這段期間，我是否真能一勞永逸地擺脫存在主義焦慮和恐慌，仍有待觀察。

表達感激能化解一切傷痕，帶來改變

我寄給媽媽的明信片不只一張，而是三張。在第一張照片中，她跟我弟弟坐在我們家的感恩節餐桌旁，桌上鋪著她阿姨手作的蕾絲桌巾，並擺上亞麻餐巾和妹妹從前院找來的樹枝。我寫道：「謝謝妳遠道而來與我們共度感恩節——這真是一次美妙的相聚。看看妳在照片上有多可愛！:）真希望我在妳這個年齡時（四十八或四十九歲？），有妳一半可愛。」在她帶著誇張手勢說話的動感畫面背面，我寫下：「我好欣賞妳對每個人都付出這麼多熱情。」而在早午餐的家族合照背後，我寫著：「感謝妳在這一週提供了這麼多協助——幫忙準備派對、打掃等等。」

在朋友（三月）月分，我寄了三張明信片給我最好的朋友卡崔娜，照片分別來自我們友誼的三個階段——十一歲、十六歲和二十二歲——因為我沒辦法只選出一張。我寄給媽媽三張明信片的理由卻不同，也不（只）是因為我快要用完可以感謝的家族成員了。寄給她三張明信片——是在連續三天內分別寄出，讓她可以連續三個下午從信箱中得到小小驚喜——是為了強調我有多感激她為這次旅行所付出的努力。

我媽媽上一次來紐約是在五月，為了一起過母親節，當時打算和她一起偷溜去坎丁

咖啡館共進一場寧靜的早餐。坎丁咖啡館在我家附近，我曾在鄰居（二月）月分寫感謝卡給他們的老闆。我很高興能跟媽媽獨處，這是不知道多久以來的第一次，沒有小孩跟在身邊團團轉。只是，我發現自己無法好好和她聯絡感情，而是隔著熱氣蒸騰的馬克杯和盛放鬆軟炒蛋的餐盤，對她吼叫，她一臉尷尬地環顧這個小空間。

我就不細說她讓我不快的原因了。只要想想**你的**媽媽，想像她做了什麼激怒你的事——不只是激怒，更像是讓你的內在一團亂、燃燒殆盡。現在，請想像在你們單獨相處的那一小段時間裡，她就做了這樣的事——看在老天的份上，她早該知道這件事會讓你抓狂。

跟大部分的人一樣，我媽可不欣賞在公眾場合被人大吼，所以在經過最糟糕的母親節早餐之後，我們之間的齟齬就一直沒能恢復。但和大部分人不一樣的是，我媽媽不只懂得原諒，還能夠反省自己的缺點，做出真正的改變。在五月和十一月這兩次行程間，我們通過幾次電話，深入討論那個早上困擾我的癥結所在，而她也真的把我的意見聽進去了。

想當然，我對她十一月的來訪非常焦慮，我們會不會再一次對彼此展現出最糟糕的一面？

我們一碰面，她立刻處理了上次激怒我的問題，並告訴我她打算如何避開這個爭論點。經過她在紐約的第一天、接著第二天，再來到第三天時，我覺得自己開始放鬆了。然後，隨著一個又一個的節日差事，向一張又一張面孔打招呼，我開始不再將這件事放在心上。

在感恩節的週末，當我為聚會留下紀錄，盡力挖掘每一位家族成員最好的一面時，心中也同時在列舉媽媽做的每一件事：和男孩們一起為著色簿上色、清洗每一個盤子、摺每一件襯衫，甚至——我相當感動——替我們鋪床。我不只是默默記下這些舉動，等著日後寫下感謝卡，而是一一說出這些感激想法。

我有留意到，並感激媽媽付出的努力，以及她迷人且獨特的一切——她是怎麼注意到別人的新髮型、怎麼跟任何人都聊得來；她的慈愛、溫暖、無止盡的樂觀——都有助於讓衝突褪去，接著消失。

對我媽媽來說，做對一件事，得到讚美，可以讓她放鬆下來。我們享受對方的陪伴，這是多年來的第一次。這次經驗非常美好，所以我邀請她參加我們接下來的茂宜島家族旅遊，這是用文案寫作的辛苦錢換來的獎勵。

改變心態並不容易，弱連結科學家吉蓮．桑斯壯是怎麼說的？「我們都擁有強連結，這無疑是最為重要的關係。」她又說：「它對我們的快樂和人際關係最為重要，只是經營它有很多層面要顧及。」這就是要顧及的。但沉浸於感激的十個月訓練了我，感激心態讓我不再專注於媽媽沒有做到什麼，而是專注在她做到了什麼。

我所感受到的不只是寬恕，今年的感恩節週帶給我一個體悟，也會將此牢記於心中：爸媽為我付出他們所能提供的一切，他們所有的一切，而完全接受他們，愛他們真實的樣子，是我的職責。

父母給予我的恩情是如此深厚、無所不在，再怎麼感謝都不夠。這就好像感激空氣一樣。佩蒂·史密斯在她每年生日的早上，都會為她的父母祈禱，感謝他們賦予她生命——直到現在，我才理解她為何這麼做。

小時候，如果爸媽同意買一些不必要的東西給我，在他們付錢時，我會躲在雜誌或衣服陳列架後頭，逃避欠他們的感謝。我對此感到難為情。把事物或別人的付出視為理所當然總是比較簡單——尤其對象是家人的話。特別是媽媽很容易從孩子身上得到最好和最壞的待遇。我從亨利和查理身上體會了這一點，他們把最貼心和最頑劣的行為都留給我，把我的愛視為理所當然，因為他們知道我永遠都會在（即使在他們睡著的時候）。

在亨利還是嬰兒時，有個叫做「神奇週」的應用程式會通知孩子情緒成長的各個里程碑。有一週，它以提示音通知我，亨利會開始了解到我和他是獨立的個體。曾有過一段時期，我的孩子把我當成他們自己的延伸，而不是另一個人。我給予的慈愛被認為是應該的，現在有時仍是如此。或許，我也犯了同樣的錯誤。

當我媽為了共度感恩節而來到我家時，在她抵達約一小時後，從行李箱拿出一個巴掌大的閃亮皮革筆記本，上面有寫著「佛羅倫斯」的金色浮雕。直到翻開時，我才想起來，在佛羅倫斯的那個學期，我每晚都會寫信感謝她。在她負擔不起的時候，還是替我付了學費和住宿費。這本日誌基本上就是長長的感謝卡——是感恩年的先驅——更兼具二十年的時間膠囊。

在翻看時，信中流露的溫柔深深打動了我。這是一種奇怪的感覺，就好像我在窺看不屬於我的私密情感。我現在不再以同樣的態度和媽媽說話，我們能否重新尋回這種親密之情呢？

我媽把我四歲的照片夾在日誌裡當書籤，照片中的我穿著粉紅毛衣，抱著拉基德·安娃娃。她念出這一頁的文字，聲音斷斷續續：「說到遺憾，我真希望能和外公外婆有更密切的關係，只是這很難，因為我們的距離這麼遙遠。我想妳在二十五年前做出那樣的決定，心中一定很掙扎。希望我永遠不必做這種決定。我們做個約定：永遠留在加州，或是妳搬到我家附近（vicino a me sempre, certo?）。我想要讓我的孩子好好認識妳。」

媽媽正計畫要搬來紐約。

所以，謝謝妳，媽媽。首先要感謝妳賦予我生命，然後是在我們觀賞所有限制級鏡頭都被妳剪掉的《熱舞17》VHS錄影帶時，泡了甜甜的奶茶給我們喝。還有一定要提那一次，當航空公司不接電話時，妳直接開去機場排隊幫我重買機票。謝謝妳總是設想到每個人的需求，在包包裡放著面紙和OK繃，還有令人費解的膚色網襪。還有其他所有的一切，謝謝妳。

感謝卡可以建立信任感

感恩年為我人生帶來的最大改變之一，就是增進了我和親密家人的關係，他們也收到了許多卡片。我的弟弟妹妹一整年都和我相處融洽，兩人各自收到不少卡片。我的公公安迪和小叔泰迪也經常收到卡片。我爸爸幾乎符合每個月分的主題，他是育兒幫手、旅行啟發者、職涯導師，也是食物供應者（定期寄來他在果園種植的梅爾檸檬和酪梨）。我在一月謝謝他贊助「城市豐收」募款活動，並在健康（五月）月分感謝他從心臟病發作中存活下來。

還有我的婆婆盧。自從二月之後——我在感謝喬氏超市收銀員的那一天，也寫了卡片給她——就在她和安迪週一過來照顧小孩時，我會定期寫一張卡片放進她的紅色托特包。我總共寫給盧八張卡片，有些並不符合月分主題，只是感謝她一直以來提供的協助——買了冬季外套、敲門笑話集和磁力片玩具送給亨利；縫補鈕扣、為我們縫製桌布；帶來裝在保鮮盒裡的鮭魚漢堡排和匈牙利紅椒燉雞、烘烤傑克最愛的彩虹蛋糕（非常費力）——也有些符合主題，像是在健康月分，我感謝她的即興療程。盧是一位很有天賦的治療師，也是優秀的傾聽者。對她傾吐想法和憂慮後，我總會覺得心情好多了。

我原本就知道盧是個特別樂於協助的婆婆兼奶奶——我朋友的婆婆中沒有人會擔任一週一次的保姆。但是，列舉她為我們做過的**所有事**仍舊很有影響，正如同我在一封感謝卡中所寫的，這讓我覺得「受到如此多照顧」。

但我想知道盧是否也有同樣的看法。她同意在週一上午到學校接查理之前，先坐下來接受我的採訪。在我們預計要見面的幾天前，她留了一個長長的語音訊息給我。看到訊息時，我擔心這次訪談讓她太緊張，決定打電話來取消，同時按下了播放鍵。

我在這一年
感激婆婆的事

「我一直很掙扎要不要跟妳說這件事，但我還是想在週一和妳見面之前，先把事情說清楚。」她說：「因為我不希望這件事破壞了妳給我的感謝卡所帶來的正面影響，它們的確有非常大的正面影響。或許，我被這些卡片寵壞了，當生日時沒收到妳的卡片，感覺很糟。我知道那個週末對妳來說很重要，但我在想當妳在飛機上的時間，應該足夠寫一張卡片給我。我只是想要告訴妳這件事，我知道沒寫賀卡並不是故意的。但它還是……讓我很難過。我覺得自己被忽視了。」

糟糕！盧的生日是在上週，在男孩們陪她慶生時，我和弟弟妹妹在我爸爸家度過週末。她說得對：我打算帶卡片上飛機卻忘記了，然後她的生日就這樣過了，我任由它溜走，只留下一封活潑的簡訊簡單祝賀。我立刻打電話給她，留下訊息向她致歉，說我沒有像她一樣，總是把我的生日看得很重要，我很抱歉。

週一上午，盧為了我們的訪談提早抵達，並謝謝我道歉的語音訊息。我們擁抱後在餐桌邊坐下，手中握著薑茶。我問她對這些感謝卡的看法，她說：「感覺就像是妳記得所有我遺忘許久的事，我會心想，**哦，對，我做過這些事呢！**我很驚訝妳觀察到並記得這麼多，而且妳顯然不覺得自己的生活受到侵擾，**這件事**感覺很好。」

「妳有過這樣的擔憂嗎？」我訝異地問道：「妳會認為，或許吉娜不喜歡這些、這樣或許太超過了，諸如此類？」

「沒錯。」她說：「我的婆婆，就是安迪的媽媽，會打電話告訴我們：『我烤了些牛腩，你們可以過來嗎？』她總會利用食物。我想我把整件事混為一談，覺得自己受到她的控制和打擾。」

「從我幾年前認識妳時，到確定妳和傑克發展長期的關係，我就會留意自己是否重複一樣的錯誤，因而總是小心翼翼。我想要和妳建立關係，這是我不曾和安迪的媽媽擁有過的，即使她已認可我。我想這就是移情吧。」

「妳可以為我解釋一下『移情』嗎？」我問。（此時盧的專業就派上用場了。）

「移情就是將人生早期階段的關係，通常是跟爸媽或兄弟姊妹的關係，轉移到其他地方。你把跟這些人的相處經驗應用到其他人身上，據此做出假設，這往往是無意識的舉動。」她說明：「就像把對方當成自己的爸媽那樣，然後做出反應，非常確定他們會以某種方式來行動。人們很難察覺到這個心態，很難發現：**在我過去的生命中，有**

誰會這麼做？我試著讓病患開始這麼思考，但這非常困難。」

「例如，幾年前妳和我有過一次爭執。」——我知道她說的是哪一次——「我假設妳會懷恨在心，因為這是我跟我媽媽發生過的經驗。人會透過往日的經驗來看待別人，因而無法看見他們真實的面貌，所以將不屬於對方的不愉快經驗轉移到他們身上。」

我問盧，收到這些卡片如何幫助她擺脫對我的移情行為？

「首先，我一直能感受到妳的感謝及讚賞，而這樣的感受甚至早在這些卡片出現之前。」她說：「寫下來的文字就像是再度確認事實，如果文字是用說的，可能會有點虛幻。但寫下來的文字很明確，沒有模糊地帶。卡片上的句子就是句子，因此，閱讀這些文字成了一種修補行為。」

盧試著舉例，我給她看了先前幾張卡片的照片。她戴上眼鏡，念出其中一張：「『只是想謝謝妳經常照顧到我們的需求。』這些寫下來的話，吉娜，它真的非常有幫助。」

我詢問盧，她心中是否仍有那些擔憂，像是擔心我認為她送來的食物和衣服等禮物是種打擾。

「我認為我現在不會再這麼想。」她說：「甚至不能說是我**認為**，而是我**知道**，我沒辦法告訴妳改變的確切時刻。不過，要花上一段時間，才能真正相信妳就是妳真實的樣子，相信妳說的話，然後建立信任感。這些卡片讓我非常安心，讓我知道自己沒有太超過。」

我告訴盧，自從開始寫這些卡片，就覺得更有勇氣向她及安迪展開嚴肅的對話，假如出現了什麼輕微困擾，自己就會想，**我向他們感謝過許多事了，所以應該能告訴他們這個小問題。**「我知道你們不會認為我一直在抱怨。」我說。

「妳能直接把事情提出來，真的非常勇敢。」盧說：「尤其就我們的情況而言，妳和我們沒有血緣關係。我認為這非常重要。敞開心胸向來很有幫助，我真的認為卡片幫了很多忙。在談過之後，如果心中還是有些不快，就可以用卡片來修補。」

我告訴她，我覺得我們之間的關係前所未有地穩固。

「可能是因為公開討論衝突。」她說：「加上卡片建立了更穩固的信任基礎。顯然地，我也可以對妳透露自己對生日卡片的感覺，這也代表許多移情心理已經消失，我可以真正地信任妳。我想卡片發揮了一些作用。妳馬上回覆了我的訊息，讓我非常滿意，別無所求。」

我們擁抱彼此，當我收拾東西準備出門，盧開始摺疊那些洗好的衣物，一如她每個週一都會做的一樣。

如何寄出佳節後的卡片

1. **拍攝許多照片。**偷偷捕捉最真誠的畫面，同時要大家集合拍團體照。

2. **記住每個人的貢獻。**誰主動洗碗？誰陪小朋友玩躲貓貓？誰帶來美酒？

3. **把照片印在厚紙卡上。**我使用的是「藝術復興」公司的服務。

4. **將拍下的照片改造成明信片。**只需要劃上一條垂直線，再貼上一張明信片郵票。

5. **寫下簡短明確的訊息。**謝謝對方為你的節日所帶來的特殊貢獻，像是他們的禮物、笑話或是時間。

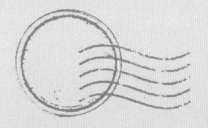

第十二章

寫下日常小事的情書，與伴侶更親密

| December：愛情 |

好處：表達感謝可以強化兩人之間的連結。

寶貴一課：感激是會傳染的。

驚喜：放棄部分的力量才是最強大的。

到目前為止，我已經寫了五張感謝卡給傑克——感謝他某個週末帶小孩去他爸媽家，讓我能夠完成工作、感謝他規劃了我美好的生日野餐。這個月，我每天都要寫一張卡片給傑克。

這個想法似乎引起了共鳴，只是未必都是好的反應。跟傑克的同事一起去唱卡拉OK時，我聽到很多人說了類似的話：「為什麼我的另一半不做這種事？」而我爸爸則說：「哇，傑克真是幸運的傢伙！」他們的潛臺詞是，我希望我也能得到同樣的真誠感激。雖然每個人都是開玩笑的口吻，但背後卻藏著真實的心聲。伴侶中的一方寫三十一張感謝卡給另一方，這樣的高調放閃讓大家不自在，也讓他們有些戒備。**我應該為我的伴侶做同樣的事嗎？**這是我想像他們的心聲，接下來或許會變成，**且慢，為什麼是我要感謝他們？為什麼不是他們感謝我？**這種思路我也很熟悉，而感恩年則協助我克服這種想法。

表達感謝可以強化兩人之間的連結

我設法讓這個月的主題保持神秘，想給傑克一個驚喜。在十二月一日睡前，傑克看到自己的枕頭上擺著卡片，他微笑著拆開它。「謝謝你今天負責挑選聖誕樹，還擺好它。」我寫道：「十二月真是……太忙碌了。感謝你在我的待辦清單項目過多時——我敢說整個節日期間都會如此——陪我討論，克服我的焦慮。我愛你。」

傑克給了我一個吻。隔天晚上，看到枕頭上出現另一張卡片時，他似乎沒那麼驚訝。卡片中，我感謝他「讓我和蘿拉及其他女生在外面好好享受，儘管你被查理吐了一身。如果是我，絕對沒辦法做到這種事。」我認為，他一定覺得我已經懶得往外找感激對象。而且，他剛處理完孩子的嘔吐物——這位仁兄值得一個感謝。

直到十二月的第三個晚上，當傑克看到同樣的位置又出現卡片，他不禁皺眉，好奇地看著我。

「你是我十二月的主題。」我說。

於是，就此展開了至今最值得、最有影響，而且有時候在心理上極為困難的月分。

這次主題的感覺截然不同——不是因為只有一個收件者，而且不需要郵票。我之前雖然選擇簡單樸素的卡片（價格合理），但對傑克，我大手筆地選了一盒厚磅的米色信紙與信封，信封內襯還是經典的佛羅倫斯花紋。（我們在我前往佛羅倫斯念書時，正式開始交往，當時傑克過來義大利找我，我們在老橋上接吻。）

這是今年第一次，我沒有在兩小時內連續寫八到十張卡片，而是每天寫一張卡片給傑克。一般來說，我會在哄小孩睡覺後，坐到桌前花上全神貫注的幾分鐘來寫；但有時也會提早一點，在辦公空間裡寫；有時就在上床前，趁他刷牙時偷偷寫好卡片。

早在二月時，為了準備這個月分的內容，我在手機新增了一個名為「謝謝你，傑克」的備忘錄，一整年來不斷充實內容。條列的清單包括「在今天早上出門前清理了食物調理機」、「每當兒子不理你而來找我時，高唱〈注定被愛〉」以及「成為我們家的行程規劃大師」。

這些備忘錄成為了一些卡片的內容。「謝謝你早上播放了我們的婚禮歌曲，就像你在二月一日做的一樣，也感謝你在今天上午播放查理生日時的弛放爵士組曲。謝謝你擔任我們家／生活的DJ。我喜歡你總是用音樂打造完美的氛圍。」另一張卡片寫道：「四月的一個週末，我受經前症候群所苦，寫了一個備忘錄給自己，寫到我覺得『受不了這一切，非常煩躁，但傑克煎了他買回來的美味牛排——真好。』（受不了還很煩躁？都過去了！）謝謝你在我經前症候群時，煎牛排給我吃，也感謝你給我的荷爾蒙和低落情緒適當的空間。」

但我最常寫下剛剛發生的事。我感謝傑克「昨夜送小孩上床，熬夜兩小時側耳傾聽，確認他們有好好睡覺。兒子們真幸運，有你這位好爸爸。」以及感激他「今天上午發現妮可派對裡潛在的風險，謝謝你總是超前想到孩子可能受傷的情況。這肯定讓你的腦袋疲憊不堪。謝謝你扮演一位如此好的爹地——最棒的爹地。（「男人愛聽妳叫他爹地。」——我媽媽說的。）」

我試著讓傑克大笑，即使亨利說：「說笑話是爹地的工作，媽咪的工作是大笑。」還有一張卡片直接寫給他的肌肉，感謝它這麼辛苦鍛鍊而有了「線條」。我還謝謝傑克「為我能參加你和同事的卡拉OK，而感到合情合理地興奮。也謝謝你在我唱〈咻[36]〉時，沒有擺出難為情的樣子。」

我感謝他成為英雄式的丈夫，「今天上午為我準備順口的咖啡和美味的雞蛋。為什麼你煮的咖啡和雞蛋就是比我準備的還要好吃呢？」也謝謝他「回家時繞道去取我期待已久的天然粉紅氣泡酒。」還有「今天所有的廚房雜務——拿出洗碗機的碗盤、倒垃圾。廚房是需要日常餵養的怪獸，我真感激有你馴服它，成為我全方位的伴侶。」

哦，但這不公平，你可能會這麼想。**她和完美的男人結婚了！**

是，我的確是。但你得了解：在手機備忘錄中列出傑克這一整年讓我感動之處的時候，偶然發現前一年秋天的另外兩份清單。十月有個名為「我負責的事」清單，列了許多家庭雜務，其中包括：「隨時整理和收拾」、「記得待買的用品（洗碗精、尿布、

我在十二月
感謝老公的事

抹布）」、「整理孩子的衣物和鞋子」，以及「安排慶生」。

然後，去年九月也有個相關的清單，記錄了一系列的開場白：「如果你能幫我分擔一些工作，我會很高興……」、「我開始覺得不滿，因為……」、「我可能搞錯了，但感覺當時氣氛有點緊張……」。

我沒搞錯，大約一年多前的那個秋天的確有點緊張。我們雙方都忿忿不平，總覺得自己做得比對方多，而且也找不到談論這件事的方法。

事實上，當時（及現在），在同時忙碌於職業及兩個幼兒的狀況下，我們兩人**都**負擔太多了。我在某個播客節目聽到組織心理學家亞當．格蘭特——就是在推特上表示要感謝導師的那位——這麼解釋：「讓一對夫妻單獨待在不同的房間裡，詢問他們，在婚姻裡的所有工作，他們覺得自己負責了多少比例？四對夫妻中有三對的回答總和超過百分之百，有人在說謊，男人一般會比女人更高估自己的工作量。但真正有趣的是，如果仔細分析原因，會發現這並不是因為認定自己一開始就是比配偶更好的伴侶，而是想要相信配偶是跟自己一樣的好伴侶。情況往往是，**每個慷慨大方的行為都是你做的**。陪小孩走路去上學時，是你在場，而伴侶當時在做些什麼，你就是不記得。所以，我認為這很難判斷，因為我們全都太了解自己，沒辦法好好跟別人做比較。」

這裡的重點是我標示的，因為聽到這句話時，我的心中警報響起。這很簡單，幾乎可以說很蠢：我們看得到自己所做的每一件事，是因為做這件事的人就是我們。而改變這樣的心態——從只注意我所處理的每一項家務，改為注意傑克所做的每一件差事或提供的協助——能夠大力改正就連對等的伴侶也會有的誤解，就是認為只有自己做的工作超出合理份量。

我的朋友蘇珊問我，這些卡片是否影響了傑克的行為，是否刺激他變得更樂意幫忙？在我看來，倒是沒有，但我問了傑克的看法。「呃，我不想在一天結束後看到卡片寫著：『儘管以下種種，我想……還是得謝謝你。』」他說：「這不是我想在意的事，而是誰對兩個孩子展現出最好的行為？或許前兩、三天我有點在意卡片，但之後就是過自己的生活，我沒辦法整個月都為卡片而活。」

作為接受所有感激之情的人，傑克有什麼樣的感覺？在月底的一個早上，當我們一起走路去上班時，他針對這件事解釋道：「感謝卡和『見樹不見林』這個說法的意思正好相反，妳知道的，見樹不見林指的是只專注於小事，卻忽略了大局。我們經常說：

『我愛你』，我們對彼此的愛意就是整片森林。這個月讓我們重新留意到形成森林的美好樹木。收到這些卡片讓我覺得，我做的這些小事，這些構成我們整體關係的小事，得到了妳的欣賞。」

「但有時候——」我接著說：「如果我們不夠留心，就很容易只看到林間的一、兩棵病樹。」

「正是如此。」他附和：「這更偏向解決問題。『這棵樹有問題，讓我們來談談，解決這件事吧。』這些形成森林的樹就像是『我**因為這件事**而愛你，我愛你**做這件事**。』能夠因為這些樹木——不管大事還是小事——而被珍視的感覺很好。這是為每個夜晚作結的美妙方式。不管白天發生過什麼事，但在一天的最後，能有這張卡片，讓我覺得受到欣賞、滿心溫暖，能夠快樂地上床睡覺。」

他是否認為被感謝卡疲勞轟炸？就一個字，沒。「我認為，每一個日子，我都會為妳做一些事，而妳也會為我做一些事。」傑克說：「看到這些卡片，讀到紙上的文字，讓我想到使我們關係順利的所有小事。」

感激是會傳染的

我不想誇大其辭，但當現在坐在書桌前——距離寫三十一張卡片給傑克已經過了一年多——我可以充滿自信地說，這個實驗改變了我們對彼此說話的方式。去年一月，在感激月分結束後幾週，在佛羅里達開著租來的車時，我錄下了我們的對話。我說我注意到他「對我格外貼心，更常把感謝說出口。我覺得你吸收了我對你說的那些感謝，然後以非常不同的方式回報給我。」

他回答：「當覺得被重視，有著受到讚賞的強烈感受時，就會更願意告訴對方，你是多麼欣賞他。」

「當我不再每天寫感謝卡給你……」

「我注意到了。」他故作嚴肅。

「……我確實也感覺到自己的態度略有不同。我覺得自己開始刻意留心你做的事，也覺得你有一樣的態度，這讓我們的關係更融洽、更美好。」

「我認為沒錯。」他說：「謝謝妳寫這些卡片給我，這意義重大。」

科學證據顯示，表達感激可以改善關係。北卡羅萊納大學教堂山分校的人際情緒與社會互動實驗室主任莎拉・艾格提出了「發現—提醒—綁定的感激理論」。對某人表示感激，有助於發現或提醒人際關係中的美好之處，同時，她寫道：「能夠更加緊密**綁定**表達與接受謝意的雙方。」

「發現—提醒—綁定的感激理論」源自於艾格二〇〇八年對大學姐妹會的一項研究，研究追蹤了送禮週中的成員狀況。而在二〇一〇年一項針對伴侶的研究中——這項研究貼切地命名為「就看小事：日常感激是浪漫關係的強心針」——艾格要求一百三十四名異性戀同居伴侶完成為期兩週的夜晚日記，記下自己和伴侶的貼心行為、與伴侶互動的情緒回應，以及關係的良好程度。每天，他們都會以一到五的評等，評估自己有多感激。

「擁有感激伴侶的男女，覺得跟伴侶的關係較為密切。」艾格寫道：「也比前一天更滿足於這段浪漫關係。」她做出結論：「感激可以作為隨時注意伴侶優點的提醒，有助於維持或強化關係。」而且，如同艾格在二〇〇八年的研究中指出：「感激或許可以理解為一種機制，用來形成並維持我們人生中最重要的關係，也就是我們日復一日關心且依賴的對象。」

我展開這個挑戰主要是為了和人們以及似乎開始逝去的部分自我重新建立連結。我很驚訝地得知，感激也有療癒和改善親密關係的力量。傑克是我所擁有最強的連結，這個月讓我們更加緊密。

放棄部分的力量才是最強大的

有一張卡片，十二月十五日的那一張，顯示感謝卡並非婚姻的魔法解藥。「謝謝你說出一切。」我寫道：「並確保我們能盡快解決這件事。我愛你，永遠不變。」筆跡看起來不太一樣——每個詞之間分得比較開，彷彿知道我沒有什麼能說的，但還是想填滿這張卡片。我想起寫這張卡片有多困難，因為那是糟糕的一天。我們大吵一架，而我哭得很慘，簡直淚如雨下。只是，回想當時，已經記不得到底是為什麼而吵架了。

前一天的感謝卡提供了一些線索：「感謝你草擬並寄出那兩封電子郵件（給亨利的老師）。這件事真的好難，我真的好感激你作為我的伴侶，因為我們可以阻止彼此不謀殺傷害亨利的孩子。」

當然，我記得亨利在幼稚園被霸凌的事，卻還是記不起那次吵架的任何細節，傑克也一樣。我們的健忘是粉飾重要事件的一種方式嗎？我搜尋手機裡那個月的備忘錄，找到一個命名為「常見字」的秘密備忘錄。閱讀這份清單時，我想起自己在床上淚流滿面，想辦法在停止掉淚的期間，也趁著傑克在樓下陪小孩時寫下它，為勢必繼續下去的爭吵做好準備。「常見字」中寫著：「與玩伴的聚會、醫師約診、克利斯蒂——那是什麼意思？停車被開罰單。光明節禮物？真正在處理這堆鳥事的人是我，你卻意見一堆？」

我想起來了，雖然有些細節早已模糊。（關於對亨利的語言治療師的問題，我還是不知道答案，就是「克利斯蒂——那是什麼意思？」）我覺得自己被批評指責——因為沒有練習亨利的「常見字」，就是單字卡上他沒辦法讀出來的字；因為沒有為他安排足夠的玩伴聚會，這些玩樂活動可以緩和他在學校的社交問題；還因為把車子停在害我們被開罰單的地點；因為買了聖誕節禮物（我的兒時假日），卻沒買光明節禮物（傑克的兒時假日）。

這是自從我們當上爸媽後，就一直重複出現的爭吵內容：我做了很多，你做得不夠。（這種抱怨有時來自他，有時來自我。）只是這次的爭吵嚴重得多——為什麼？事後回顧，我能看出幾個理由。我們兩人都承受極大的壓力——對，一部分來自即將到來的節日，但主要來自得知亨利受到傷害。我們沮喪又憤怒，而且不對彼此談論自己的感覺，所以事態就惡化了。

對我來說，不被重視的刺痛感比以往更加劇烈。連續兩週，每天寫一張感謝卡，逐漸瓦解了情緒武裝，讓我變得極度脆弱。

在那個當下，在愛情月分中孤單地坐在床上哭泣時，我可以感覺到感激的潛在危害，以及為什麼有躲避它的強烈衝動。這一整年，我都能感覺到這種不情願，深植於身體的最深處——試著阻礙我自由表達感激的一種力量。

這樣的遲疑在面對感覺最自在的人，為你付出最多的人時——也就是強連結——會得到最強烈的緩解。為了保持自身的防衛完好無缺而不感謝對方，等於將神聖的事物封箱。這種以牙還牙的想法，會讓你變成什麼模樣？手機裡固執的清單，記錄你所做的洗衣工作；還有為了想吵贏，而準備的所有用得上的開場白。

當傑克在十二月十五日那個晚上回到樓上時，我設法止住淚水，說出剛演練好的臺詞。讓我訝異的是，傑克也開始落淚——而他可不像我一樣是愛哭鬼。他坦言對亨利遭到霸凌（不是對我）有多無助，並為把這件事發洩到我身上而道歉，沒多久，我們就緊緊抱在一起。

表達感激的確代表我放棄了部分的力量；但是傑克敞開心胸接受這些謝意，聆聽我說出一切，代表他也放棄了力量。我們兩人都很脆弱，而這讓我們更容易溝通。

這就是交出力量的價值所在。**給你，全都拿去**，我這麼說著，並不知道這樣放手是勇敢還是愚蠢。但只要試試看，你可能會驚訝地發現，對方毫不猶豫就將其歸還。

當傑克上床前看到床頭櫃上的卡片時，他說，要寫這張卡片一定很困難。的確是。但這個月讓我知道，選擇溝通，而非封閉自己；選擇釋出善意，而非一味自憐，才能讓我們的婚姻持續下去。

以下是寫給傑克三十一張感謝卡做到的事：讓雙方都了解到，當我們做的每一件事都受到認可感謝時，感覺有多美好；這種體悟改變了我們對彼此說話的方式。

以下是寫給傑克三十一張感謝卡沒有做到的事：完成感謝的待辦事項。給伴侶的感謝卡並不是一次性的義務，也不是一個月的義務，表達感激已成為維持我們婚姻的一部分。

在隔年五月的一個週六，我醒來，做了運動，沖澡，然後前往曼哈頓進行「感謝卡寫作研討會」。回到家時，傑克正在做晚餐，而他已經陪了小孩一整天，然後他指出我還沒有為他處理好這天的每一件事而謝謝他。我在筆記本匆匆記下：「他不需要卡片，他**真正**需要的是認可。我需要認可他，而不是想著，哦，兩週前你在準備案子時，我也是這樣，甚至做得更多。」

在接下來的八月，我花了一整個週日在咖啡館撰寫關於感謝卡的一本書，回到家後，發現傑克因為我沒有感謝他付出的時間而感到不快。

婚姻需要花心思維持。這是老生常談，而多年的編輯寫作經驗訓練我刪除老套的文字。但就像其他的老生常談一樣——日子漫長，歲月卻短暫——這句話也說得沒錯，只是並非我想像中那樣。我以前認為只有糟糕的婚姻才需要費心經營。多年來，我和傑克基本上是依偎在我們家異常深的沙發上，為彼此的關係感到得意。就算偶有誤解，或是吵得不可開交，也為此驕傲，因為我們是如此迅速、徹底且極為同理地處理一切。費這樣的心思甚至有點迷人。

但自從有了小孩之後，情況就改變了。現在，把我們的關係列為優先事項真的需要刻意為之，這就是心思：我們吞下各自的驕傲，以及對公正合理的不平，然後表達感激之意。這是日常任務，就像待洗的衣物，如果我們選擇忽略，只會愈堆愈高。

我和傑克還是時常說「我愛你」。就像亨利把「我感激你」這句話加入他的口頭禪中，我現在也經常對傑克說：「你把我們照顧得真好。」這個月讓我了解到，他有多擅長這件事。

還有一件事清楚浮現，我把它寫在十二月倒數第二張卡片中：「這個想法在整個感恩年中，一直迴蕩在我的腦海裡：愛情幸運兒、愛情幸運兒、愛情幸運兒，這就是我——謝謝你。」

我最後的感謝卡寫在一張薄薄的紙上，它是從密西根大學安娜堡校園旅館的便條本撕下來的。「我的卡片用光了。」我解釋：「但這張便箋也很棒，因為它來自我們的起源。對，不是我們相識的墨西哥阿卡普科，也不是讓我們相愛的義大利……而是我們適應了生活中有彼此，懂得成為情人的方式的那個地方。謝謝你在我們大四那年到機場接我的那一天，說你愛我。謝謝你之後為我取的各種暱稱，總是讓我感到被愛、感到獨一無二、滿足和安心。我愛你，小傑。」

36 咻（Shoop），由美國嘻哈團體「胡椒鹽合唱團（Salt-N-Pepa）」於一九九三年發行的歌曲，歌詞充滿成人內容。

如何寫出不落俗套的情書

1. **張大眼睛**。你的伴侶為住處做了什麼？為了你們的健康幸福付出了什麼？
2. **描述細節**。在寫情書時，就像寫任何文件一樣，具體總是比籠統好。
3. **喚回記憶**。或許你會回想起一趟特別的旅行，或是伴侶曾說過的話。
4. **分享心中感受**。不管寫的是今天或多年前發生的事，試著描述這讓你有什麼感覺。
5. **留意並拋棄這種想法**：「對，他們是做了某項雜務沒錯，但上週我可是做了更多。」
6. **大聲說出你的需求**。當你更頻繁表達感謝，很可能就會開始感受到更多的感謝迎面而來。如果沒有，說出你希望得到認可的心情。

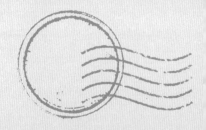

第十三章

寫感謝卡可以帶來自動自發的感激習慣

｜回顧這一年｜

寶貴一課：這一年只是個開始。

好處：表達感謝讓我成為更快樂的人。

驚喜：感激是一條通往過去的路徑。

我還有三十張卡片要寫，**為什麼**，哦，為什麼我在六月拋棄了家的月分？

我一直苦思可能的替代主題。我想過個人／美麗——「讓我覺得美好的人」——但只能想到我的髮型設計師傑夫。我一度考慮過健身主題，但它似乎與健康重疊。（而且說真的，我以為我是誰呀？）幾乎勝出的主題是小孩：就像寫給傑克一樣，可以寫一整個月的感謝卡給亨利和查理。我寫下：「每張卡片都結合他們說過的話，然後謝謝他們在此表現出的特質。」這是個溫馨的點子，是未來或許會執行的主題。但在當時，為我的孩子創造三十張有意義的紀念物，感覺真的……太多了。我在十二月寄出十一月底寫的三十張家人明信片、每個晚上都寫給傑克一張卡片，同時還得工作多個小時、招待家族成員、處理節日事務。我需要找一個不太費力而且已有範本的主題，讓卡片寫起來更輕鬆。

自從我在十月把這個方案公諸於世，就有非常多人為我加油——從家族成員到 Instagram 上的陌生人。我覺得自己像是擁有一支啦啦隊，而現在，有一個明顯的方式可以感謝他們。

這一年只是個開始

我允許自己在一月完成最後三十張卡片，畢竟，我這一整年不斷忽視截止日。還有什麼差別嗎？有誰知道，又有誰在乎呢？

在十二月稍晚，一個相對安靜的時刻，親戚都已離去、禮物包裝紙也回收完畢，我和傑克坐在沙發上。我開始擬出感恩年啦啦隊的名單，並提到打算在未來幾週完成這些卡片。

「真的嗎？」傑克問：「妳難道不想在年底前完成嗎？如果妳有需要，我可以給妳時間。」

由此可以一窺在這本書的撰寫過程中，傑克提供了多大的幫助，他會在白天或週末匆匆帶開小孩，讓我專心寫作。因此，在傑克的幫助之下，我在這年的最後兩天完成了卡片。我寫給特別支持我的友人，有了他們的鼓勵讓我堅持下去。我感謝Instagram上的追蹤者，他們也記錄了自己的感激之旅。我感謝社會科學家艾米特．庫瑪，他是我第一個聯繫上的感激專家。我寫給我最愛的圖書館員貝絲，感謝她「將這個觀念分享給你們學校的學生。」

我感謝卡洛琳等文具商，她寄來鼓勵卡及店裡美麗的卡片樣品。「我真的好喜歡我的『塗塗抹抹』手繪卡片！（喜歡到捨不得用，這也是為什麼感謝訊息沒有寫在那些卡片上——希望妳不介意！）」這是本月少數我寫下的傳統感謝卡之一——就是過去不屑一顧，當成客套話的那種卡片。但我改變了對這些卡片的想法。也因為累積了這一整年的訣竅，使得寫禮物的感謝卡變得更有趣。我為開場白寫了模板（「非常感謝你熱情支持我的感恩年！」），然後，會寫得比一般的客套卡片更深入，說明卡洛琳的支持是「溫暖、正向回應」的一部分，成為「完成挑戰的燃料」。

最後一張卡片獻給亨利。「整整一年來，在為今年的每一天寫感謝卡時，你一直提供極大的支持。不斷說我做的事『很了不起』，真的讓我很有動力堅持下去——知道你很關心、知道你為我感到驕傲。我很欣賞你協助我寫卡片——給一月的『城市豐收』贊助者，以及十月的書籍作者，我以**你**為傲——你因此知道了跟別人說謝謝，讓別人知道你的感覺有多麼重要。我愛你，小親親。」

在十二月三十一日的下午，就在我們作東款待十四人的新年前夕晚宴幾小時前——傑克，我得公開承認你是對的，這真的太難了——我寫完所有卡片。我全心全意想著要完成這個挑戰，所以沒想過寫最後一張卡片會是什麼感覺。我當時坐在矮凳上，倚著小小的梳妝檯書寫，感覺到有一股暖意擴散到手指和腳趾。抬起頭時，看見鏡中的自己帶著燦爛的笑容。我拍了一張照片來記住這種感覺。

儘管最後的主題——感謝感恩年的支持者——聽起來很後設，但它也很有意義。讓我能更全面看待這個挑戰，思索它更深沉的重要性。對於重拾的友誼、更深厚的關係及新的連結，我感到難以置信地（找不到更好的說法）感恩。我對整個過程心存感激，也決心想辦法讓它在這一年過後繼續維持下去。

表達感謝讓我成為更快樂的人

最初，我想知道寫每一張感謝卡的快樂能否提升自己整體的幸福感。現在，我知道答案了。書寫感謝卡已不僅僅是一種立即見效的情緒興奮劑——雖然它的確是。三百六十五張卡片有日積月累

的影響，直到今日，我還是覺得更為輕鬆愉快。對孩子比較有耐心（某些日子裡）。晚上睡覺時，在閉上眼睛之前，發現自己帶著微笑。找出我生命中的人物，感謝他們，進而鞏固這些關係，讓我變得更快樂。

「如果你認為是快樂讓你感恩，再想一下。」大衛・史坦德・拉斯特修士在他受歡迎的TED演講中如此說道：「是感恩讓你快樂……感恩的人是快樂的人，而快樂的人——愈多快樂的人，我們就會擁有愈快樂的世界。」

借用正向心理學的用語來說，我相信今年提高了快樂的「設定點」。如同羅伯特・埃蒙斯在著作《謝謝！實踐感激如何讓你更快樂》中指出：「節食的人大多很熟悉設定點這個概念。儘管他們竭盡全力，但減重成果是出了名的難以維持，因為一種新陳代謝的拉力會促使體重回到先前的數字。快樂程度也有類似的設定點：研究人員指出，每個人都有一個長期、獨有的快樂程度。這代表，人們擁有快樂的設定點，在各種打亂節奏的生活事件過後，必然會回歸到原本的快樂程度。出書、搬到加州、心儀許久的人回覆你的徵友貼文——每件事都會讓快樂量表超標一陣子，但幾個月後，它就會慢慢回到個人特有的定點。」

埃蒙斯說明，快樂設定點由基因決定。我很幸運，擁有較高的設定點。我是那種小時候會急著跳上床，迫不及待要閱讀關於雷夢娜、瑪蒂達、海蒂或喬·馬區[37]故事的人。我是那種會在週一上午告訴老闆莉莎，雖然食物中毒，但還是有個愉快週末的人。雖然資遺後的幾年，讓我不再擁有這種持續昂揚的快樂。但這些卡片讓我想起自己過往的樣貌，協助取回那種樂觀態度。

事實證明，感激是已知能提高快樂設定點的少數方式之一。埃蒙斯進行了一項研究，要求一部分的研究參與者撰寫感恩日記，而寫日記的感謝組如他在《謝謝！》一書中所指出的：「**六個月後**仍持續享受到正面影響……他們保有的整體快樂程度比對照組高了近百分之二十五。這項證據推翻了我們一般認知的觀點，即所有人的快樂設定點無法透過任何已知的方式重置。」

埃蒙斯則進一步探討馬汀·塞利格曼（被譽為「正向心理學」創立者）及他在賓州大學的研究，這項研究要求參與者寫下一封感謝信，遞交給「曾經特別善待他們、產生很大的正向影響的對象……而且參與者過去未曾向對方表達適當感謝」。在寄出信後的一週，參與者感受到快樂顯著提升，憂鬱症狀減輕，這樣的正向改變甚至維持了超過一個月。

你現在或許已經知道重點了，但它值得再說一次：覺得感激是很重要，但表達感激才是施展魔法的關鍵。

感激是一條通往過去的路徑

正如這些感謝卡在一整年中協助我應付壓力，它們現在也緩和了我的節日焦慮。

在展開感恩年之前的十二月，我走在街上，自覺就像史古基，抱怨褐石建築的閃亮燈飾，而聖誕樹在這冷酷可怕的世界中就像偽善的詭計。我幾乎要對小女孩時的自己翻白眼，當時的我還會在閃耀的聖誕樹旁哼唱〈平安夜〉。

在感恩年的最後一個月，儘管世界仍舊瘋狂，我還是擁抱了節日的狂喜。我珍惜一些小小的時刻——和查理一起烤燕麥櫻桃餅乾，再和我爸爸一起享用、偷聽亨利和查理構思當場抓住聖誕老人的計畫、坐下來吃傑克和他弟弟一起做的義大利龍蝦餃，這是我們七魚宴[38]的一道菜。我已經訓練自己時時環顧周遭，而我珍愛眼前看到的情景。我一直想著：**真高興我能在這裡。**

在那一年最後的時刻，我身邊圍繞著新年前夕晚宴的賓客。這裡有來自柏林的阿朗索，我曾在旅行（八月）月分寫卡片給他。還有妮可和羅，他們從明尼亞波利斯過來，曾在朋友（三月）、職涯（九月）及食物（七月）月分收到卡片。以及茉莉，她以導師、鄰居和感恩年啦啦隊的身分得到我的卡片。當然，還有傑克。查理在樓上的床上睡覺，亨利在沙發上睡著了。的確，舉辦十四人的晚餐派對有太多事要處理，但它給予我環顧四周並感激一切的時刻。

今年的十二月，在感恩年結束的

十二個月後，我犒賞自己一場午後演出的百老匯表演——這是我一人公司的年度假期傳統，也是在接下來很長一段時間內，觀賞的最後一場演出，因為三個月後，新冠疫情造成劇院無法營業。我選擇的是《小氣財神》，由坎貝爾·史考特飾演史古基，誠如我們所知，史古基在最後一幕改變了想法，重新為他的生活感到欣喜。「我覺得自己就像第一天上學的孩子一樣飄飄然！」他說。他的舊情人貝拉·費立維告訴他：「改變就在我們所有人之中，這正是生活如此振奮人心的原因。」

當史古基準備慶祝時，他邀請觀眾加入：我們往前傳遞盤子，從觀眾席第一區沿著長布條送上橘子。史古基拉起一名叫做湯姆的男子，帶他到後臺，不久湯姆端著高聳的甜點出現。這一切是如此令人快樂，以至於我發現自己止不住淚流。當細雪從上方飄下，坐在隔壁的平頭男大聲倒抽了一口氣。表演最後，演員們拿著手搖鈴演奏〈平安夜〉。我覺得自己就像以前的那個女孩，對於佳節、節慶燈光及我們所有人之間的良善，充滿徹底的敬畏之情。

或許，這終究是獲得救贖的故事。我的感恩年並未讓我從吝嗇變成慷慨、從悲慘變成快樂，或是從冷酷變成仁慈。但它讓我離開自己的小世界和待辦清單，真正看到其他人。它幫助我從疏離到重新連結、從心不在焉到專注當下、從自動駕駛到手動駕駛、從暴躁忙碌到欣喜樂觀。**有時候**。或說大多數時候。

感謝**就是**樂觀。它選擇專注在當下事物的輪廓，而非欠缺事物的影子。而感激也是一條通往過去的路徑——通往友誼、通往曾經熱愛的嗜好、通往你已褪去的身分。「感激」這個詞一度讓我覺得刺耳——為這個年度挑戰命名時，我刻意避開了它。現在，我已經完全接納這個詞彙，因為經歷太多讓我顯得脆弱、尷尬和土里土氣的事。

如果這本書讀起來感覺像是寫給我先生、家人、鄰居和朋友的情書，也的確是。感謝卡讓我愛上這太過繁忙、經常一團亂、極度不完美、非常幸運、絕對神奇的生活。而表達感激之情，一定也會對你有同樣的影響。

---

37 這四個角色分別為知名童書《淘氣女孩雷夢娜》、《瑪蒂達》、《海蒂》及《小婦人》的主角。

38 七魚宴（Feast of the Seven Fishes），義裔美國人會在聖誕夜準備七道海鮮菜餚作為慶祝活動。

如何保持積極的感激作為

以下是我在沒有感恩年的規範時，嘗試的一些做法。

1. **找一個專用的感謝卡文件夾。**我買了一個皮製文件夾，裡面有放置卡片的隔層，一邊放入筆和郵票，另一邊則是列出感謝對象的筆記本。我把文件夾放在手邊，當有十到十五分鐘的空閒時，隨時可以寫卡片。

2. **開始感謝星期四。**受到維吉尼亞圖書館員貝絲的啟發，我開始在每週四的午餐時間寫一些感謝卡。

3. **以感謝卡作為週末計畫。**如果你有孩子，就會知道週末是漫長的一天。裝飾卡片和寫感謝卡是一起動手做的大好計畫，也讓你有機會教導孩子實踐感恩生活。

4. **以你喜歡的任何方式表達感激。**當感受到轉瞬即逝的快樂時刻，請抓住它，向帶來這種快樂的對象表達感激。可以是口頭、簡訊或是卡片（現在你知道這是我的最愛了）。

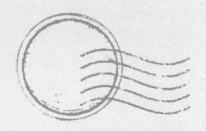

謝辭

「致謝」是個冷淡的詞彙，我想做的不只是致謝，更是全心全意感謝以下的所有人（有些人不是第一次出現在本書）。

♥ 艾莉絲・法吉斯，我的經紀人和擁護者，感謝妳從一開始就相信這個計畫，而且把它引導得這麼好。

♥ 瑪莉安・利茲，以及整個TarcherPerigee出版團隊，感謝你們信任我，讓我自由發揮寫想寫的內容。

♥ 凱莉・拉瑟利，謝謝妳創造書中美麗的插圖，並且修改了我的肖像畫，滿足我的虛榮心。

♥艾米特·庫瑪，感謝你擔任我的感激科學上師，而且迅速地回覆我所有的電子郵件。還有吉蓮·桑斯壯、柯瑞·艾倫及賈科莫·波諾，感謝你們答應我的採訪，給予縝密周到的觀點；以及布雷特·史戴特卡，謝謝你提供了大腦科學的意見。

♥蘇珊·強斯基，感謝妳給予最不刺耳卻最受用的建議，這本書因為妳而變得更好。還有潘姆·考夫曼，感謝妳送來精準的評論，以及「瀰漫莫札瑞拉起司香味的梅伯里」這個說法。

♥盧、媽媽、莎拉和茱莉，謝謝妳們讓我撰寫私密的故事。

♥艾瑪·史卓柏，謝謝妳在本書成書的每個階段，協助我在出版世界中悠遊。

♥珍妮·羅森斯特拉，謝謝妳讓我的感恩年踏上舞臺。以及喬安娜·戈達德，謝謝妳刊登珍妮的文章，並為這個提案寫了推薦文。

♥布麗琪·哈瑪迪和瑪莉·海勒，感謝妳們為本書的提案提供許多突破盲點的回饋意見。

♥ 傑克，謝謝你帶小孩去露露與波餐廳，讓我可以一個人在家裡寫作，而且自從在《密西根日報》看到我的第一篇專欄後就全心支持我，也謝謝你在相識之後的每一天，都能讓我在幾分鐘內不禁大笑。

♥ 謝謝當初那個十歲的小女孩，她待在花朵圖案的房間，置身翻爛的書籍及狂野夢想之中，謝謝妳保持堅持不懈的樂觀精神。妳和我，我們終於辦到了。

♥ 最後是你們，各位讀者。寫作時，我感覺到你們就在我身旁，你們親切、富有同情心，而且原諒我的錯誤。你們大笑，甚至開起玩笑。謝謝你們這段時間的陪伴。希望你們能得到啟發，寫信給失聯多時的友人，或是寫給伴侶、鄰居。如果你不知道該如何開始，或覺得扭捏，請寫電子郵件給我：gina@ginahamadey.com。

一年份
感謝計畫表

本月主題：

日期	感謝對象	感謝原因
/		
/		
/		
/		
/		
/		
/		
/		
/		
/		
/		
/		
/		
/		
/		

時刻留心身邊發生的善意，你會發現，它們來自四面八方。

| 一月 | *January*

日期	感謝對象	感謝原因
/		
/		
/		
/		
/		
/		
/		
/		
/		
/		
/		
/		
/		
/		
/		

本月主題：

日期	感謝對象	感謝原因
/		
/		
/		
/		
/		
/		
/		
/		
/		
/		
/		
/		
/		
/		
/		

別想太多——寫就對了。

| 二月 | *february*

日期	感謝對象	感謝原因
/		
/		
/		
/		
/		
/		
/		
/		
/		
/		
/		
/		
/		
/		
/		

本月主題：

日期	感謝對象	感謝原因
/		
/		
/		
/		
/		
/		
/		
/		
/		
/		
/		
/		
/		
/		
/		

深呼吸，排除讓你分心的思緒，專注在感謝的對象上。

三月 March

日期	感謝對象	感謝原因
/		
/		
/		
/		
/		
/		
/		
/		
/		
/		
/		
/		
/		
/		
/		

本月主題：

日期	感謝對象	感謝原因
/		
/		
/		
/		
/		
/		
/		
/		
/		
/		
/		
/		
/		
/		
/		

孩子，讓自己成為感激的榜樣，可以激勵他們學會表達謝意。

| 四月 | *April*

日期	感謝對象	感謝原因
/		
/		
/		
/		
/		
/		
/		
/		
/		
/		
/		
/		
/		
/		
/		

本月主題：

日期	感謝對象	感謝原因
/		
/		
/		
/		
/		
/		
/		
/		
/		
/		
/		
/		
/		
/		
/		

別忘了，在寫下感謝的文字時，具體總是比籠統好。

五月 May

日期	感謝對象	感謝原因
/		
/		
/		
/		
/		
/		
/		
/		
/		
/		
/		
/		
/		
/		
/		

本月主題：

日期	感謝對象	感謝原因
/		
/		
/		
/		
/		
/		
/		
/		
/		
/		
/		
/		
/		
/		
/		

不要讓感激的想法默默消失，學會察覺並記錄下來。

| 六月 | June

日期	感謝對象	感謝原因
/		
/		
/		
/		
/		
/		
/		
/		
/		
/		
/		
/		
/		
/		
/		

本月主題：

日期	感謝對象	感謝原因
/		
/		
/		
/		
/		
/		
/		
/		
/		
/		
/		
/		
/		
/		
/		

感激是一條通往過去的路徑。

| 七月 | July

日期	感謝對象	感謝原因
/		
/		
/		
/		
/		
/		
/		
/		
/		
/		
/		
/		
/		
/		
/		

本月主題：

日期	感謝對象	感謝原因
/		
/		
/		
/		
/		
/		
/		
/		
/		
/		
/		
/		
/		
/		
/		

你也可以成為率先揮手的人。

| 八月 | August

日期	感謝對象	感謝原因
/		
/		
/		
/		
/		
/		
/		
/		
/		
/		
/		
/		
/		
/		
/		

本月主題：

日期	感謝對象	感謝原因
/		
/		
/		
/		
/		
/		
/		
/		
/		
/		
/		
/		
/		
/		
/		

感謝帶來的正面影響無遠弗屆。

| 九月 | September

日期	感謝對象	感謝原因
/		
/		
/		
/		
/		
/		
/		
/		
/		
/		
/		
/		
/		
/		
/		

本月主題：

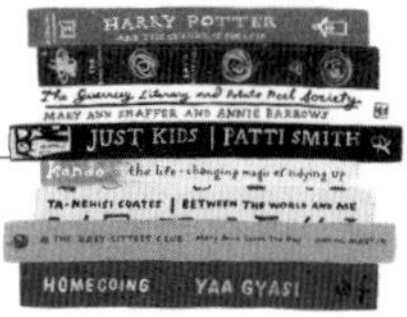

日期	感謝對象	感謝原因
/		
/		
/		
/		
/		
/		
/		
/		
/		
/		
/		
/		
/		
/		
/		

不一定要手寫文字表達謝意，也可以打一通電話、傳一封訊息。

十月 October

日期	感謝對象	感謝原因
/		
/		
/		
/		
/		
/		
/		
/		
/		
/		
/		
/		
/		
/		
/		

本月主題：

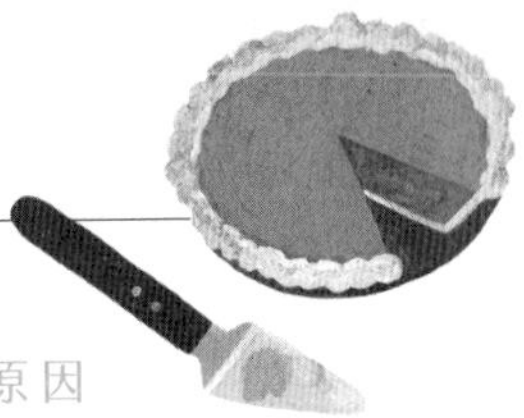

日期	感謝對象	感謝原因
/		
/		
/		
/		
/		
/		
/		
/		
/		
/		
/		
/		
/		
/		
/		

現在就開始你的感謝星期四。

十一月 November

日期	感謝對象	感謝原因
/		
/		
/		
/		
/		
/		
/		
/		
/		
/		
/		
/		
/		
/		
/		

本月主題：

日期	感謝對象	感謝原因
/		
/		
/		
/		
/		
/		
/		
/		
/		
/		
/		
/		
/		
/		
/		

放下手機，寫一張感謝卡吧。

| 十二月 | December

日期	感謝對象	感謝原因
/		
/		
/		
/		
/		
/		
/		
/		
/		
/		
/		
/		
/		
/		
/		

日期	感謝對象	感謝原因
/		
/		
/		
/		
/		
/		
/		
/		
/		
/		
/		
/		
/		
/		
/		

除了一整年的主題之外，你還想感謝誰？

日期	感謝對象	感謝原因
/		
/		
/		
/		
/		
/		
/		
/		
/		
/		
/		
/		
/		
/		
/		

I Want to Thank You: How a Year of Gratitude Can Bring Joy and Meaning in a Disconnected World

我想說聲謝謝你

作　　者　吉娜．哈瑪迪 Gina Hamadey
譯　　者　陳芙陽
發 行 人　林隆奮 Frank Lin
社　　長　蘇國林 Green Su

出版團隊
總 編 輯　葉怡慧 Carol Yeh
主　　編　鄭世佳 Josephine Cheng
企劃編輯　黃莀着 Bess Huang
　　　　　高子晴 Jane Kao
責任行銷　姜期儒 Rita Chiang
封面設計　Bianco Tsai
版面構成　黃靖芳 Jing Huang

行銷統籌
業務處長　吳宗庭 Tim Wu
業務主任　蘇倍生 Benson Su
業務專員　鍾依娟 Irina Chung
業務秘書　陳曉琪 Angel Chen
　　　　　莊皓雯 Gia Chuang
行銷主任　朱韻淑 Vina Ju

發行公司　精誠資訊股份有限公司　悅知文化
　　　　　105台北市松山區復興北路99號12樓
訂購專線　(02) 2719-8811
訂購傳真　(02) 2719-7980
專屬網址　http：//www.delightpress.com.tw
悅知客服　cs@delightpress.com.tw
ISBN：978-986-510-180-0
建議售價　新台幣380元
首版一刷　2021年11月

國家圖書館出版品預行編目資料

我想說聲謝謝你 / 吉娜.哈瑪迪(Gina Hamadey)著；陳芙陽譯. -- 初版. -- 臺北市：精誠資訊, 2021.11
面；　公分
譯自：I want to thank you : how a year of gratitude can bring joy and meaning in a disconnected world.
ISBN 978-986-510-180-0 (平裝)

874.6　　　　110016213

建議分類｜心理勵志

悅知文化 Delight Press

線上讀者問卷 TAKE OUR ONLINE READER SURVEY

表達感激才是
施展魔法的關鍵。

——《我想說聲謝謝你》

請拿出手機掃描以下QRcode或輸入
以下網址，即可連結讀者問卷。
關於這本書的任何閱讀心得或建議，
歡迎與我們分享 ︶

https://bit.ly/3gDIBez